不是尘埃

方静涛 著

中国国际广播出版社

图书在版编目（CIP）数据

不是尘埃 / 方静涛著. —北京：中国国际广播出版社，
2014.8
ISBN 978-7-5078-3736-0

Ⅰ.①不… Ⅱ.①方… Ⅲ.①散文集—中国—当代
②诗集—中国—当代 Ⅳ.①I217.2

中国版本图书馆CIP数据核字（2014）第143124号

不是尘埃

著　　者	方静涛
责任编辑	李　卉
版式设计	国广设计室
责任校对	徐秀英
出版发行	中国国际广播出版社（83139469　83139489[传真]）
社　　址	北京复兴门外大街2号（国家广电总局内）
	邮编：100866
网　　址	www.chirp.com.cn
经　　销	新华书店
印　　刷	环球印刷（北京）有限公司
开　　本	787×1092　1/32
字　　数	100千字
印　　张	8
版　　次	2014年8月　北京第一版
印　　次	2014年8月　第一次印刷
书　　号	ISBN 978-7-5078-3736-0/I·498
定　　价	25.00元

沙子，是散的，与海最近。

　　年年月月，海浪一回接过一回，带走的带不去，留下的留不久，日与夜。

　　我见到一个女子，在沙滩上坐着，哭得好狠。这是上午，天很宽，海也很宽，天很静，海也很静。

　　很久很久都是这样，有的沙子很平，有的沙子凸起。

　　　　　　　　　　　　　　　　　　静涛

目　录

生　活 001

那些年的事 003

昨天和前天 005

天静水 007

月色清脆 009

那段美好的时光 011

孤傲的颓废 014

见过一个人 018

反反复复 020

午后采诗 022

爱或真爱 024

泪水与伤痛 027

给我一眼目光 030

黯淡与文学 033

一群人的感觉 036

安静的生活 038

南普陀之莲花 040

芙蓉湖畔的影子 044

又是一个午后 047

我的写作 049

葬坟前的天堂 051

蝴蝶没飞走，死掉了 053

很想回忆 055

梦？随想 057

恋上了你，漳校 060

很多很多的回忆 063

你没变 068

那年夏天 071

生与死 077

秘　密 079

城堡外的徘徊 081

质　疑 083

空旷里的风筝 086

归家的路上 088

欲望与缠绵 091

那一夜不多 094

有谁共鸣 096

忘却与纪念 099

自杀者之恋 103

心灵的补缺 106

旅游所想 108

愿你决定 109

年轻的样子 111

三言两语 113

绚烂与悲哀 115

想想这一程 117

女子，请别哭泣 120

我是自己的了 123

我莫名地苦恼了 125

花开的声音 126

不知道的禁区 130

但愿我感觉错了 131

汶川地震，无题 134

糊涂了，才是聪明的 136

待春花谢去 138

家 141

想家（一）143　　　　想家（三）147

想家（二）145　　　　想家（四）148

梦 151

记梦（一）153　　　　记梦（三）157

记梦（二）155

诗　言 159

悠　扬 161　　　　　滋养沉沦 163

远去的炊烟 162　　　这一刻与下一刻 164

落地花 166

天空里 167

无脚鸟 168

中　途 170

风前人 171

相思的恨 172

我们回来吧 174

夏季的夜空 176

透明的美丽 178

我的愿望 180

以前以为 182

自习回来 184

等　候 185

那不是爱情 187

人生如戏 190

这诗的格调 192

爱才刚刚开始 194

乡之梦 196

流　浪 198

是我做了个梦 200

回思的夜里 201

久违的你 203

悲哀的黎明 204

飞沙的海面 205

让我安静地离去 207

今生发髻 209

我的人儿 210

树老了 211

小　律 213

巷　口 215

浮意生 215

虞美人（陌上疏灯）215

念亲亲 216

俟佳音 216

春意所感 216

午后三人同游 217

无人小径 217

梦里有你 217

题壁上镜中所见有感 218

自　嘲 219

夜　半 219

无　声 219

岁　寒 220

觅 220

随　安 220

伊　人 221

雨　人 221

无　题 222

情未缘 222

梦醒时分 222

散　言 223

散言一 225

散言三 232

散言二 230

散言四 238

后　记 241

生　活

我常发现，美在一刻间是极让人喜爱的，可是下一刻，你就不知道她躲到哪里了。

有的人，有的事，你越是刻意去寻找，她越是如梦一样，羁绊着你，纠缠着你，又让你永远抓不住。

等你清醒时，这些人，这些事，又全不存在了，恍如烟云，一无是处。像一个人的感情，总是极难让人捉摸的，如有心灵共鸣者，见她一颦一笑，还可略晓一二，其余的便不用多说了。

我喜欢生活与心灵的相应，生活有生活的态度，心灵有心灵的呼唤。

那些年的事

　　这样的夜，我偏好有灯光的地方；走在灯光下，感觉温暖，而不像黑暗那般的凉。

　　其实，灯光是黑夜的一个谎子，它的本身与黑夜无别，你我都是一样的，在这个世界上。

　　我想起一串串影子在身后拉得细长，那灯光就从远远的楼下划过，径直的，在我前面拦住，此时影子是绝无的，它悄然地早又消失了，在黑暗中消失了。你我总希望可以见到另一个自己，于彷徨，于迷茫，于不解中寻求，于无奈中徘徊；徘徊在这光明与黑暗之间，寻求那些年的事，都将是过去而不愉快的事。

　　这温暖是极其柔和的，像印象中的自己；这印象偏又极可恶，可恶到竟只留下了印象本身。每每念此，我总心乱，好比站在那分水线处，茫然到不知该上前一步，还是该索然转身，还这黑夜一片固有的安静。这会不会就是一首诗，一首很美很有意境的词，写在彷徨间，写在迷茫时，写在你我共有的徘徊与无奈中。

晌午的太阳从不是假的，我把椅子挪到门外，随意翻着书，有时也把鞋子脱掉，晒晒脚丫子，这样的妙处总比那些旧诗词意境好得多。我可以幻想出好多好多个场景，每一次欣欣然地陶醉，直到被太阳暖得燥热，或被这风有意无意地肆虐地吹醒。正午的冬日比春天要惬意些，没有了春的惰性，更适合在冬天寻找快乐中的快乐，我的烦恼就这样失去了。

这些年的事纠缠在了一起，乱得如麻。

无心述说，也无心听他人述说。风有些刺骨了，好像醒来后的生活。

好冷，在这夜里走着，一会儿黑暗，一会儿光明，交替地映在路途中，或是这世界上。哦，这世界会不会果真这样的黑白分明，而我又不知不觉地在这黑与白之间虚度着！可我还是偏好有灯光的地方，那柔和的温暖总是少有的，远不如黑暗那般凉。

2011.12

昨天和前天

　　昨天和前天，这里都有夕阳和晚霞，在工地的那方，通红，散落一片片金子般的光，像温暖的深秋。

　　秋，很快就隐去了，在一片暗暗的暮色里等待零零落落的漆黑。

　　城市的马路上排着长长的霓虹，两边是高高矮矮的房子。这样的天很奇怪，很少看到星子，好像星子也有她们的家，到了夜黑就得归去，或许不属于这里的人，或许不属于这里的地，我也讲不清。我偏好小时候的记忆，那时家里都是平房，村子上空的星子就大把大把的，照得人透亮，那夜空像孩子瓷蓝色的眼睛，水汪汪的。可那时的月亮好像从来没有缺过，很圆，很静。这些年的天气再也没有那记忆里的好了，以前鲜明得有点耀眼，现在大多又淡淡的。没有星子的夜，全让这残月独守着，像一口缺了边的枯井，藏在好久远的年代里，惹人沉思。

我站在夕阳和晚霞里，细数城市的霓虹，偶尔也想拿起手机，拍下这样的好风景。

很少再刻意寻找好的景致了，刻意买包烟揣在口袋里，刻意在山坡处吹下笛子，刻意偷点闲情逸致去钓钓鱼，刻意打印本《人间词话》慢慢细读；还刻意留心自己对一些事情的看法，是否与前些年的观念有所差别……

清晨，有些凉意，又像是乍寒的初秋，冰心。

天静水

那声音好清晰，我把身体蜷缩在黑暗里，也不是等待，只知道过了好久，才真正缓过神来。

醒来还叫着你的名字，又觉得那不是梦，只是叫着你的名字。

如果写作可以突破时间的限制那多好啊，思想如野马，由我飞在远远的蓝蓝的天下。让思念和记忆一样，在这蓝蓝的天下画条线，一条从不会断开的线，可以弯，可以折，可以打个结，可以把以前的某个时候和现在的夜紧紧地缠在一起，越是心乱，越要它缠得紧些。

在床头，我吃力地回想又拼凑着梦里的场景，只是空空，空空里什么也没有，恍然记得同前年的一个夜十分相似。那夜窗外星星很亮，月很明，心也很空，好如"一勾凉月天静水"。记得你说："阿静，错了，哈哈，应该是'人散后，一钩新月天如水'，怎么是天静水呢？不过这句话很适合你，因为你的名字叫阿静。"

白天的热闹不比得这里空阔，我像站在一个星球上，又像被一个星球包围着，只是一人，没有影子，没有思想，有些地方来来回回很多遍了，又像站在水上。闭上眼，是关了视线，窗外也不是多年前的窗外。

我一定是在想念一个人，在想念里醒来了，这样的安静很适合让人醒来，打开窗子，依在门沿上，深深的远望，才发觉人很容易丢掉一些东西，在记忆的浅水处，也可能是记忆的岸边，总之我所丢掉的那些美好一定在生活的边缘处，因为我们常常流浪在生活的最中央，一些边缘的地方是容易错过的。很少有这样的心思，半夜依窗，不远不近，待凉意漫延过来，刚好闭上眼睛，设想多年前那个"天静水"的夜，设想还有一个叫阿静的人。

我不知道自己什么时候才移到床上去的，也不知道是什么时候睡去了，可我记得这夜我没有盖被子，身体任寒意侵，很凉很舒服，还写下一句话"落香沉露胭脂轻，红烛帐外掠寒影，片片梦花片片情。"

2011.11.15　夜

月色清脆

月色清脆，仿佛已有了声音；人生如烟，短而仓促。

人生如梦，怎就抵不过一首曲子？一千首曲子有一千种调子，你反复，再反复，却还是输了。人是没有命的，我也从不信命，命中注定什么，现在已很少关心，偶尔突发地想起，又仔细地想起，却还是记不起，记不起自己命中注定了什么。这都无关月色的，无关如月色一样清脆的曲子，无关如人生一样的香烟。我总自信眼前的一切，以为美丽与善良同在，真诚源于内心，可这也是无关月色的，无关月色一样清脆的曲子，无关如人生一样的香烟。我反复，再反复，早已多余，月色里仿佛有了千百种生活的姿态，有了千百句至理或是哲学的名言，而这都是无关于我的，似乎无关于所有的人。我们在一条嘈杂的路上拥挤着、奔走着，却又时而安安静静、冷冷清清；冷清得像这月色泼下的柔和的光，安静得像桌角摆放的香烟。

我忘记了，忘记了分叉路，不知道哪一条才是这一生的捷径。有时我竟忘记了自己，挥霍地去放纵，尽情地去抛洒，到后来，后来的后来，竟想牢牢地把一个人关进屋子，一个自己亲手搭设的屋子，然后爬在窗口望路上的行人。当然，这是很多年前的事了，想想已很多年了，那时我和现在一样的年轻，那时，我也会在夜深时出门走走，只是走走、看看。

华丽的句子，总难铺摊月色映在身后的影子；影子，它只是一片的黑，却显得无比真实。隐约中，我知道鲁迅笔下为什么会有两株枣树，为什么枣树上的天空会黑得可怕。可月色不是映在背后便可播种的，就像生命的花，难得一次绚丽绽放。

睡意如时光，总易被偷走，只有月色依旧清脆，仿佛有了声音。

那段美好的时光

我需要很大的勇气来做一些事情，以我的知友，我的亲人，我常常记起的人。

怀念，有人说这个词是留给"故人"的，我想它也适合用于一些死去的东西，比如我们的记忆，比如我们远去的家园，比如就是昨天的我们，我们眼中的我们。

曾有段美好的时光，那时光就像海水一样，常常在最浅处格外地引人醉，或许那浅浅的没过脚丫的海水是很易近人的，失恋或是热恋，独自或是群聚，有星星或是风吹得甚凉。

潮水总是涨又落，我们欢喜，我们悲哀，就这样，在记忆的最边缘处，越来越淡了，越耽搁越浅了，不得不哀伤着，徐徐记起。

而我们还是我们，我还是我。记忆被挽回时，已重重片片。

一个人没有了思想，那他一定是残废的。我悲哀于我们的回忆，这也是庆幸的所在。

不得不再回忆凤凰花、鸟巢和小房子，不得不再回忆荔枝、杨梅和龙眼，也不得不再回忆午后的山色、晚上的啤酒、还有高尔夫绿草地上的扑克，不得不回忆时，人不得不愈觉孤苦。

时光偷去了太多，原本就属于我们的，只在回首时，它却远了，在某个角落，青涩。

一定有人同我们一样高歌过，高歌时不在乎是不是动听；一定有人同我们一样买醉，买醉后还是那样的清醒；也一定有人同我们一样去爬山、去看海、去心灵之外寻驻点，那得到了而又很快被偷去的驻点，时光依旧年轻。

　　我们年轻，犹如我们正在老去。

　　这是不可逃避的，远方的你，往事若也记起，一点一点的记起，是不是也同样花费了你许大的勇气。

　　我是个男人，男人是来不得伤感的，可我又是人，洒脱的哀伤。这不需掩饰，正如，你也像我一样，因为想到这些，而湿了泪眼。

　　这是不需掩饰的，正如，你也一样，那我也很庆幸。我开始有些责怪了，责怪自己对生活太过用心。

　　曾有段美好的时光，我们欢喜，我们悲哀，就这样，在记忆的最边缘处，越来越淡了，越耽搁越浅了，不得不哀伤着，徐徐记起。

　　　　　　　　　　2012.4.18　夜，厦门大学的时光

孤傲的颓废

　　"多年以前，带着委曲和忧伤，我离开了我的城堡，开始了一个人的旅行。一路上的心酸与艰难无法悉数。尽管很疲惫，孤单的生命却顽强地走到了今天。我骄傲。"这是我今天在新浪博客里看到的，是一位姐姐写在博客里的，当然整篇文章是很长的，我只选取了这几句，因为读到这几句后，我哭了。

　　前天看了电影《榴莲飘飘》，结局时的一场大雪，好洁白，整个树都是银色的，见到那女子站在火车驶过的地方，好像我这几个月来匆匆走丢的生活，那么快，那么难于言说，除了呆呆地让眼泪流下来，我找不到任何办法去弥补。

　　陈慧娴在 2003 年演唱会上说了一段关于感情的话："我希望我们不会像时钟上的长短针一样再需要互相追逐，

我希望我们可以一起老去，偶然听到一首似曾相识的老歌的时候，会给大家一个会心的微笑，在这里，我想送给你这一首歌，有这么多的歌迷在这里见证着。"好真实的一个女歌星，让我感到生活的无奈。舞台上，见她泪流满面，我陪她流泪，不知她现在有没有嫁人，如果我有能力配得上她，而她还单身着，我愿娶她。

生活真的好美，也好真实，好煽情。以前的孤傲早已不见了踪迹，也不再喜欢用"现实"这个字眼，我喜欢我生活里的人，喜欢我生活的事，喜欢一种生活的态度。可现在，我不得不把它当成一种罪来惩罚自己，或许是伤害了一个人，或许是耽误了一段愚昧的时光，或许同那个博友所说的那样，"路上有了心酸和艰难"。不过我真的好骄傲，因为我好真实。

习惯上写心情不是件好事，为这我几乎没有了秘密。每次我都把自己所想的，所感悟的，所切身体会到的全写出来，只怕藏它在心里会发霉。真的为了以后有所回忆，生活有它自己的哲理，应该是不糊涂的。我们记住了别人多少，或是担心被别人记住了多少，那就是别人为我们留下了多少，和我们这一生为他人活过了多少。

几个月都没有写心情了，一些柔情的句子也只是每天支离破碎的缩影，同我想要的感觉相差很远。到现在都有些害怕在 QQ 空间写东西，怕人前人后看到。不知道有没有人可曾这样，想安静地唱歌，想优雅地伴舞，狂欢后又莫名地相顾以泣。我知道这是在逃避，逃避众人的眼睛，可我逃不过自己的心：一丝的敏感会让我夜里醒好几次。我不比窗外的鸟叫干脆，不比情人谷的风景优美，甚至一个漂亮女孩的背影都比我轻盈得多，可我就是这样的性格，也只是我的性格，不是我的生活：忧郁而不悲观。一种生长在傲气中的颓废美，是我喜欢的所在，点到为止，从不有美人迟暮。一个眼神，有多少千言万语，它冷静又热情，却容不下别人的勾引。

　　我喜欢生活与心灵的相应，生活有生活的态度，心灵有心灵的呼唤。与外人来讲，这是两个世界；可我自己看来，这又是一个世界。我不会因为自己的不开心而让别人也不开心，因为我的世界与你们是无关的，内心世界更是如此，这也是我一直在努力关爱和改变的。一个人在同别人生活时，可以全然的乐观和开朗，可独处时，心灵的孤苦就随影而来，特别是一种类似完美或艺术的探求，至少我和几个朋友都是这样的。我以为这是最好的生活哲理，可它回应"现实"的竟是无奈。一直祭奠白天里那个所谓"真实"的我们，这种内心的无奈，敌不过一个眼神，所以我常常浅笑过，冷静又热情，多少次后，就容不下别人的勾引了。

这一点也不美,我很生厌!

三个月前,我写了一篇性的文章,那是我自己觉得心理扭曲后找到的一个小出口。从不想去告发一个人,去指责一个人,有些让我觉得被伤害的事,我都会先定下自己的罪。我想每个人都是很好的,身边的或是远方的亲人和朋友,我都尽力好好地对待,好好地去用心珍惜,用心生活。我有勇气去面对现实,面对多情和伤情,你理与不理,那只是你的观念,生活即使丢在了黑暗里,也还是要继续,心灵的呼唤,只会让心灵本身更加坚定!

绕过一个又一个美丽,去寻找人生的终点,灵魂就趁机在缝隙间飘散了,等待光明到来。我还是喜欢写这样的句子,称不上华丽,也不是很唯美,却可以将我心里所沉淀的思绪淡淡地流露出来。寻找总是有力度的,比等待多了一个方向。无需挑剔和回避,好比在这漆黑的夜里,听自己的声音,有时慷慨,有时凄美,有时颓废。这种生长在傲气中的颓废美,是我喜欢的所在。

如果余生还有很长,我会很清醒,也一定要清醒,生活真的好美,也好真实,好煽情。

2011.5.29

见过一个人

　　我坐在车上，看窗外的风景，选一个角度，一个方向，就看了好久，车子跑得好快，好美，正合我心，像飞一样，死得轻飘飘。

　　我看到年华散尽，一切显出淡淡的灰色，好比一个人的心情。我想到上车不久时，他走路都还在晃着，他的眼神同我一样，全不在意爱恨情愁了，连一天快乐的生活都不能完全记起了。他怎么不离开呢？他应该离去的！

　　路灯和一排排的树，穿杂在城市的中央，流淌！我想到一个垂危的老人的气息，想到一根落在稿纸上的头发，想到烧了很久的烛光的昏黄，想到宿舍外面的鸟儿在半夜里叫着，可那时天都还没亮！

　　每天我都坐上同一辆公交，带上笔和纸，穿梭，经过几个站，拐了几个弯，用了几多时间，我都记得好清。

车子跑得飞快，好美，轻飘飘地，正合我心，天色也好暗，我看不清他的表情。

下了车，他又心神恍惚，他要生活了，昂头，走掉在黑暗里。

2011.5.27

反反复复

我想，一个人无论在什么时候选择逃避都算不上明智的，逃避不是唯一的出路，也不是一条正确的出路。

反反复复，我让自己慵懒下来，又琢磨另一个事情，只是转移了注意力，我想我也会的。人的一生一定有最美和最坏的东西，在一段时间里，最美还是最坏也无需一定要分清，当你绕个圈去把它们遗忘的时候，它们又相差无几了，停留了，是一样的，那就很好了。

我决心写诗，写文章，还要写得有自己特有的风格，我也很喜欢我的风格，做人也是。

好多人都宠我了，又有人翻我的留言，哈哈，想想那个填词人林夕真的好聪明，他说人都有自己的一个"侧面"，说白了就是人有很多面，别人能看懂得只是某一面而已，有了这个借口，我开始对自己欣慰了。我想这样的人应该很多吧，在欣慰的背后找到一个家，好安静，我常常趴在窗口看路人，直到再不想动了，多好的时候，一个人。

不习惯谈情说爱了，不习惯故作熟知，其实我都不知道发生了什么。把以前的自己包装一下，觉得好稚嫩啊，现在的我又难逃脱以后的眼睛。总是告诉自己好好活着，用心活着，不欺骗生活和自己，为以后有所回忆。艺人可以唱歌，可以演电影，把自己的生活，自己的心思放在音乐里，放在电影里，可我们呢，我们只有平平常常一个自己啊。人来世上就是还罪的，有时我想把自己放在文字里，让一个个自己沉睡，千年都不要醒来，全当作是我今生欠下的千万个罪，能不能还清，就让它先这样放着。

在这个黑白分明的世界，多变只为了一片蓝蓝的天，蓝蓝的海，或者一个轻轻的问候。如今，我又等了许久，只是在我决意要打破沉静时，才发觉那多么遥远的距离也不过藏在念与不念之间，像一对恋人的亲吻，很浅。

不写了，就此搁笔，晚安，一点青水。

2011.5.11

午后采诗

　　选一个暖和的午后，带上一本诗集，在湖边吹风，只为捡几首诗回来，终究一无所获。

　　丢下脱鞋，光着脚丫子，踩在草地上，草很软很嫩，刺得我心里痒痒的。打开书，读到的是别人的诗；合上书，读到的是这春天的诗；闭上眼，睡在太阳里，读到的是自己的心声。

　　坐下吧，总无心再看书，只管拿眼睛扫着四围：一双红色的长筒靴子，身边还有她的恋人，我想黑天鹅不会怪她吧，湖边还有着比她更艳的花；是拍照吧，呵呵，想留下这美景，为何又走得急匆匆呢？相机里装不了久远的年代；是一只鸟吧，它叫什么名字？高翘着尾巴，当我站起，它便飞远，见我坐下，又不知从哪钻出，大模大样地朝我跳近，可不是在同我捉迷藏？还有那湖边的柳树在舞，哦，如果不是见到那柳绿在远处闪，我还真不知道身边的一切都正喜悦着，都是活生生的：像声音，游人的来来去去，枝头的欢呼雀鸣，我竟不知，难不成是沉醉了？还有这风，打我坐下，它就没有安静过，轻抚了柳，轻抚了湖面，轻抚了这蓝天下的声音。

　　我突然发现，我的世界好安静啊！所有的一切都被我存在了视线里，没给听觉半点机会。呵，我有些恨这风了，莫不是你把它带走了？你轻轻地来，来到我耳边细语，也不管我有没有听清，囫囵个儿地塞了一大堆，又悄悄地去了。这下好了，都又被我发现了，像昨日一样普通，哪有诗的迹象？你可不是高兴了！我站起来，想往回走。

　　我是来捡诗的，怎么又空了手回去呢？可我记得自己分明看见它了，只是一转眼，又不懂它溜去哪儿了。在温柔的湖水里？在阳光的温度里？在跳雀的视线里？合上书，往宿舍走着。

2011.4.15

爱或真爱

　　我从窗口处看到了一对情侣，大约是一对初中生吧，两个人都穿着校服，在公交车的站台处拥抱亲吻着，等他们缓过神后才发现，已被我注视了许久，没有闪躲，仅仅是相顾一笑，祝他们幸福。

　　在一分钟不到的时间里，我看到了世间很美的东西，其实我一点也不避讳的，也没有觉得这有什么不好。反倒是车开远了以后，心里有些沉闷，这爱情似乎与我无缘，像一首从河对岸漂过来的曲子，只觉得很动听，却又哼不上调子。现在车子又在市中心转着，穿过厦门豪华的中山路，驶向傍晚的黑色中，我的心也随着这城市的喧闹，难于平静。问世间情为何物？我想我不会再费心去讨论这个问题，我只是在不断地问自己：他们会在一起吗？会一辈子在一起吗？看到好多好多的恋人只是两个月的热情，随后大部分是分手，更多情况是绝交，这些在我的眼里都有记载，不过这些大多与我无关。我总是假装一个旁观者，在雾里看花，被情伤，被情迷，自己又从不愿去体验。所以我不禁担心起来，担心这一对幸福的恋人，我只比他们大几岁，却感觉他们好年轻，好年轻。一直以来，也只想真心去对待一个人，任她骂，任她气。我的青春还在，为何我一直在害怕。

当年学完《孔雀东南飞》，生出对爱的敬畏，觉得爱情的力量好伟大；上了大学接触到身边的朋友，感觉爱情的力量好渺小，一次小小的斗嘴或是不起眼的破事都可以大吵起来，以致分手，不管哪一方去挽留，后果都像是被眼泪所预定好的。其实我更喜爱前者，即一生相许地去陪伴，去过着生活。或许一对情侣真正地离开与合不合适并无关系，而是那种爱结束了。有人会说两人在一起合适很是重要的，我想说的是，如果两情相悦连对方都不能包容，那从一开始你们所拥有的爱就是残缺的。可能真的爱过，只是太短了，结束了，原来爱情也有保质期。

我在去年写过这样一段话，"渴望结一程真挚的爱情，即便在相爱的路口你我就定好分手的日期。若你愿意，我同你去，若你不悔，我一生相随"。现在读来仍觉很对不起我的爱，因为没有经得她的同意，我就私自为自己埋下了筹码。此刻又想问问自己,我追求的是纯真的爱情吗?只为一个不敢担当的罪名,只为一个自己留给世间的诚信,我渴望的那份真挚与不悔,不正在欺骗她吗?

请原谅我这种欺骗好吗?一个个地来,一个个地去,我都会真心地一个个地对待。若你肯给我一个一生相伴的机会,那我只想把你选中,也只会把你选中,牵手到尽头,走到那老去双鬓下,听听相恋时的细语,讲讲这一程的幸福,幸福和辛苦。

2011.4.14

泪水与伤痛

哭和流泪是不一样的。哭，大多是伤心到悲痛，而流泪却不尽然。

以前见到朋友眼中有泪，便问她是怎么了，莫不是遇到了伤心的事，或是生活中有了不顺心的坎，好端端地怎么就哭了呢？她们却同我讲自己没有哭，只是流泪。后来我知道，哭和流泪是不一样的，以前我常哭，现在却常流泪。

记得在初中语文课本里曾学过这么一句话"鼻子陡然一阵酸"，大约是鲁迅的文章吧，我记不清了。还有一句让我记忆犹新的话，是琦君在《泪珠和珍珠》里写的"眼因流多泪水而愈益清明，心因饱经忧患而愈益温厚"。很喜欢这句话，很喜欢这里面的深意，也可能是因为作者把这两句恰好放在一起的缘故吧，让我感觉到泪水隐藏了更深的一层意义，直接和生命牵了线，与心灵结了缘，再也不是简单的伤心悲痛。另外的一句大约是对这句的解释：

"心灵是泪水洗过后的天空。"原话记不真了，也忘记了作者是哪位，不管是哪位有心人所创，但凡能写出这样美的句子，一定明白了一个简单的道理，那就是"眼睛是心灵的窗口"，从眼睛里流出来的不仅仅是心痛的感觉，还有灵魂深处的感知，灵魂深处的大爱，灵魂深处一种对美的敬意或忏悔。

我常想从这扇窗口里看到的天空，是不是就如同下过雨的午后，一样地洁净，一样地撩人心扉，又好比无意间看到了人性更为真善的一面，像一些人在深夜里所临摹的另一个自己，也可能是出于祭奠吧，祭奠真善美，祭奠白天里那个所谓"真实"的我们，所以常常一个人独自流泪，到后来竟忘了哭的感觉。

这些天难得有上帝的青睐，我的泪水多于以前，眼睛总是涩涩的。有时真怀疑是进了沙子还是被风吹的，不过这些调皮的话语也只能充当欺骗好友的一个谎言，自己的心思还是很明了的，是大爱，是有心，也是过于敏感吧，总之所触及的事能闯进我的心门里，就有得让我打开窗子的冲动。这冲动又是不分时间不分地方的，比如半夜里在火车上见到人们千奇百怪的睡姿，比如在海边听到一首老久远的歌，比如某个下午突然发现自己心里藏了一种莫名的空虚，其实很多时候我都舍不得把眼睛闭上，直到痛疼地流着泪。我知道那不是哭，那只是流泪。

其实很多时候，是我们自己舍不得把眼睛闭上，直到舒服地流着泪。我知道那不是哭，那只是流泪。你一定也见过一些顽皮的孩子，在雨天来临的时候，他们总是迫不及待地打开窗子往外看，有时他们想看的不只是雨水，还有那雨后的天空。

2011.4.13

给我一眼目光

我怎么会来到这里呢，只求一刻贪婪的目光？记得小时候当我想留下长发时，我就问过自己，现在我又在问自己。

怎么会来到这里呢，来这里开博？起初我的用意倒不是记下自己每天的心情，一直以来也不是这个原因。以前同别人聊天，提到博客这两个字就觉得很抢眼，很了不起，比如哪位同学在玩博客，那人就牛了；哪位同学会写点文采的东东，那他就是让人刮目相看的。只源于这种神秘的感觉，我来这里瞧瞧。

因为喜爱文学，但又找不到排泄的路子，一直很迷失自己。总希望有个人可以帮我去打开更为广阔的心灵空间，指导我作文，也一直害怕自己太过敏感而时时落泪。其实我早就知道泪水代表不了什么，没有一篇佳作是泪水堆砌成的，而与泪水相亲近的却是情感，一篇好的散文若没有了情感那好比一篇科普文，读来一定很生涩。话又说回来，好的文章若有了情感就有了它的价值，有了可读性，但是对于现代诗歌我却一窍不通，感觉现代的诗歌种类太多了，有的分不清是诗还是散文诗，有的竟像是几句简单的话被强迫拆了家，分成了几个段子，离奇得很。不管它究竟种种，反正我是个门外汉，连看戏的份都没有。每天也有模有样地拿出几首诗来读，却很难领会这其中的妙处，偶尔会觉得哪个句子写得好了，就定下神来细细琢磨，每到此时也欣喜若狂，自以为得到了宝贝，就捧在手心里反复品尝了起来。与那些注意修辞和造句的一些诗歌相比，我更喜欢篇幅简单而意味深远的，自以为诗是有灵性的，这灵性是诗人赐给读者的，又比音乐要来得恰当。

我觉得诗歌和音乐是相通的，都是有灵性的东西。最初接触音乐时，我会看着歌词同调子一起哼，到后来熟悉了竟可以用自己的感觉唱出味来，简单的音符就在心头萦绕，久而久之，便有了心魔，这心魔又不分白天不分黑夜地来袭我的心灵。好比现在的我，一个人醒着，想抓住自己呼吸的感觉，又像独驾一叶小舟漂于海中，茫茫一片，抓住的不是害怕，倒是一种孤独和清高的况味，很得意。

如果把歌曲比作散文，那把诗歌当作轻音乐来欣赏更是合适了，轻音乐有的只是曲子，没有人来伴唱，或许它的迷人之处也正在于此吧。一首曲子在不同的时候不同的地方去感受，会想到不同的人不同的事，有不一样的心境，它在天空里飞，可天空的蓝和云朵的白又让你自己去涂抹和添加；它在水里睡，水的温柔或激荡又由你自己去触碰和体会。

用心去听，你可以听到演奏家的心语，可以听到自己的心声，可以听到那艺术的美丽，然后你不得不敬佩那创作者的才华和灵魂，听到后来你竟发觉，听到的不是音乐，鬼斧神工，倒像是一首首诗，待你提笔又来不及记下，或记下这一刻的心思，又发觉上一刻的句子还得修改，总之这都是灵性在作怪，总觉得不够完美又恰到好处地搁在心坎上，灵性又藏在某处了，看不见，摸不着，只是欺骗着你，呆笑着你，带你到另一个世界逛了一圈，又不告诉几时才可放你回来，揪心得很。

可我还是回来了，在这里，到底是不是为了求得一眼贪婪的目光，我已无法说得清楚。或许真的是源于那种神秘的感觉，我趁夜深人静，路过这里，瞧瞧。

2011.4.11

黯淡与文学

    图书馆四楼是很阴森的，从我来到本部以后就感觉到了，其实这样会有些不好，因为四楼全是关于文学的。我不知道为什么学校会这样的安排，把文学的作品放在顶楼，也就是我们图书馆四楼，而且还是很阴暗的。每次当我轻轻走过时，只感应的灯会亮一小会儿，也许那只是感应到了一个爱文学的读者的前来。

    从门口到房间深处都是弥漫着一种黯淡，非常的黯淡。这里远不比楼下，或许楼下是专业课的地方吧，那里有更多的学者，更多的专业，而这里就仅仅有文学，世界文学。很多时候这里面是很安静的，也很少人的。我常常就看到靠窗子旁边的向阳处会坐着几个人，走近看他们桌子上放着的书，有的是散文，有的是诗歌，有的是武侠小说，但很少看到关于短篇小说的，其实诗歌也是现代的，古代的诗词很少有人看的。在图书馆逛了许久，随意翻本散文，也只认识几个熟悉的作家，诗歌呢，也就是那几个诗人的，其余的都是一些当代才出来的，也有好多好多是网络上的一些写诗人。

记得去年时候，我有意地去作一些文章，后来我有心读了几本散文和诗集，感觉自己的所作既不是散文亦不是诗，当然我把它归为散文诗了，可是从图书馆里借来的几本散文诗细品后发现，我的又实属不然，那些散文诗多多是成篇的排比和华丽的词藻，千篇一律。那我的所作又是什么呢？不是散文不是诗，又不像散文诗，一时的兴起竟被自己给击败了，那时日夜的想文学创作，现在想想灵感几乎全无了。

这种黯淡倒也不只是灯光吧，这里人很少，常年如此。大学有多好的一个环境啊，可是有心作文学的人却是少数。我会时不时地听到好多的朋友说他们遥远的一个梦想是当一名作家，可以记下自己的心事。每每听到这样的感想，我总好开心，因为能这样思想的人，是很让人钦佩的，至少可以看出他们的生活里少不了思考。

可是能这样做的人，在我的身边又是很少的，我见过好多朋友在空间里写下自己的心情或是自己的故事，当然那也只能当作是坏心情的排泄和好心情的共享吧，很平淡很简单，也有的会有些文采，可是毕竟不多，我想，在这个黯淡的地方，黯淡的总不仅仅是这几盏灯光吧。

等我关了电脑，关了博客，好多喜爱的东西就只能封存在脑子里，封存在内心深处，一天在我突然想写出来的时候，才知道自己手中的笔是多么难以任命，那情景让我想起了诗歌，想起了散文，想起了好多大作家的思绪，点点滴滴，丝丝缕缕，结成网，结成生活，结成一种精神，结成一种艺术。终不变，在历史里，更显得有价值。所以我更喜欢看些早期的散文或诗歌，那意境更是简单而深邃，更适合于夜深，适合于人的心灵。

2011.4.7

一群人的感觉

喝了少许酒，有心欢喜，却没能大醉，有点失落！

有的人来了是为了人际，有的人来了是为了知心，有的人来了是为了真情；有的人很简单，有的人很复杂；有的人聊天在观望，有的人聊天在敷衍，有的人聊天是在谈心；有的人四年了还一个样，有的人却陷得更深了，有的人明白事理了，有的人更加平静了；有的人就听一首歌，有的人听不同的歌却是同一种风格，有的人又听不出歌里的生活；有的人真的老了许多，有的人始终是个孩子，有的人在路的这头望那头，不知所措；有的人很投入，有的人爱打酱油，有的人可有可无；有的人是普通朋友，有的人是酒里的朋友，有的人是酒后的朋友，有的人称不上朋友；有的人不知道自己的样子，有的人戴上了帽了，有的人远远地看着，别人说他是傻子。有的人还会有多久可记得，有的人翻出照片就会流泪，有的人在某时某地很回味，有的人除了名字，全记不起。在海边，在湖畔，蓝天下，白云里。

　　毕业的一年，少了一些伤感，却多了一些泪水。从不曾想过争强好胜，只更加坚信好好做人。会寻乐，有雅性，忧郁过多时，又很开心。

2010.11.13

安静的生活

在宿舍看书，突然想到海边走走，于是披件外衣，就径直去了。

可能是来得太早，海边人不多，不过感觉很舒适。正值退潮的时候，水有点浑，不像深海区的水那么清。海滩上还有车辙印，应该是大清早收拾垃圾的货车留下的。我顺着两道车辙中间走，感觉前面的路很清晰，身边随从着自己的影子，也不孤独，我想起了一些事，看看海，哼着歌，又全不记得了。

人说海阔天空，在海边能感到寂静，应该也是一种享受，况且此时又是我一个人。要是有个人在多好啊，不要她陪我太多，也不要她离我太近，只需拿一个相机，远远地拍下我现在的样子，有个摄影机最好，还可以记录我的歌声，和我想说的话。

在海边，我没有回味以前，也没有端想以后，只是沿海滩独自来回地走着，倦了，就选个高处，垒平一块沙地坐下，非常自然。我想我自己，一直在追求着一种艺术，一种超脱，于是我不敢停下来，怕一停下，就有种迷途的恐慌。正是这晌午的太阳，暖暖的，我的生活也很平静。朝海的那头望去，与天相应，是混沌的白色。那种白色随着天空弯弯地，慢慢地靠近我，先是混沌，接着灰色，浅蓝，蓝，深蓝，天色全在我的眼睛里。所以我不想再期望自己能看得多远，坐在松软的沙滩上，吹着海风，听着浪涛声，看看海面，玩玩沙子，无须到海的那头去，这边已是很好了。四周全是软软的沙子，我感到自己不是坐在这沙子上，而像是在云的衣衫里，在天空的怀抱里。天是格外的蓝，丝丝的白色的云，悬得老高，很显眼，像是海边玩沙的小孩，光着身子。

潮水越退越远了，一浪一浪的，拍得越来越吃力，也越来越昏暗。我还是很爱这海的，那种感觉好像睡在草地上晒太阳，突然发现天是蓝的、云会散一样，一样的惊喜，充实我的整个世界。我起身往回走，看到海边有小孩，有青年，有靓女，有情侣，有夫妇，有老人；还有风筝，有渔竿，有遮阳伞，有糖葫芦，一切都很平静。其实我很喜欢这种生活，就像喜欢路边散落的树叶，就像喜欢自己电脑桌上的杯子，喜欢席慕蓉的诗，说不出为什么。

回宿舍的路上，我偷偷地笑了。生活真的不需要什么装饰，你爱她时，你会发现，她已经很美了，真的很美了。

2010.11.11

南普陀之莲花

　　一天，你的心同往日一样，像莲花般开放，它坚持着往日的目光，坚持开放的方向。

　　我徘徊着，在雨天里求一点宁静，来应对这里的不如意。

　　一直在那里，一个远离尘嚣的荷塘，我总是不经意地来到这里，不是故意久坐，只是时而停停，以一种远在的欣赏的目光，来瞻顾这里的美丽。而你，被困在这池塘里，却依旧清凉，纯洁，似与尘世不相连。我看到有一颗晶亮的水珠从你脸庞滑下，她如你一般透明，仿佛只是在我的眼里，只是在我的心里。如此的晶莹透明，从花瓣上滚下，不与你有半点牵连。荷叶，荷花，水珠和你，突然间，我竟分不清这种美源自哪里，这里的一切显得格外的神秘：凉风，细雨，幽静的荷塘。我在岸边静静地等待，等静静的美，以为等到凉风过后，你就会有所示意；清香，清香，是你清晰的声音，这哪里是孤傲啊，这定是尘世中少有的仙境！飘落尘世，你会不会因此而愈加的孤独？出于仙境，出于水中，独与水聚，宁与萍挤。有时我真想随你而去，却万万不能，即便有万种胜你的柔情，却自知无你那般纯洁的心灵。我的莲花，我的荷塘里永升的你。

我一直都在追寻着那种美，一直都在竭力地挽回，为何会这般固执，可叹这不是人间，这胜过人间！

每日都有很多游客来这里看你，但每次我都不愿以他们为友，他们善于捕捉风景，难于稍作停留，难于把你看清。可是，于他、于我，你总是保持着昨日的姿态，一样地开放着。念及此，我又好恨我自己，美丽已被自己玷污了，追寻又有何意义？

我想我本也是属于这里的，以至于我会常来这里探望，回不去了，只能做个游客；回不去了，那远在的故乡，白色的花，和绿色的衣裙。其实这里的荷花不单单是白色，还有紫色（称睡莲），矮矮的，紧贴着水面；还有淡红色，摇曳在半空中；只是白色的荷花有很高的秸，在众多绿叶中突兀起来，所以很容易被注意到，略有些孤傲。哎，不必再说这些花了，不必再说这些荷叶了，也不必再说回去的话了，一切都演得像生活一样，一样的自然，一样的美好，其实这早已足够了。突兀的也好，隐埋的也罢，真的足够了，就像今天细雨并不比昨日的暖阳差，就像没有人会注意到我站在这里很久了，也没有人会注意到我常常有意地来这里散步，当然更不会有人知道，此刻我的心情已是多么的平静了！常在一念之间，或者只是微风轻轻地吹了一下，你抓不住的，我也抓不住，但我俩都清楚，这早已是两个世界了，不是仙境，不是尘世，是一种心境！可我究竟为何还要来这里，是不是这颗心也会老去，我有些忧虑了。

现在这夺目的花瓣是何日升放的，只怕我已经忘记，刚刚还滚在你脸上的水珠是何时落下的，我也没有去留意。一个人徘徊在池塘的周围，迷茫，空虚。千朵万朵荷花竞相地开了，毫无羞涩，如何让我不留念于此啊，这所有的美丽，这个年代的印记！年轻，绝非深奥，我已无心去忖度这种深奥会不会陪我一生，只看到千朵万朵的荷花，整个荷塘里的荷花正竞开着，毫无羞涩，一颗心又怎么会老去呢？忧虑已是多余了。

我知道平日里你会更加娇艳，更加清秀，可我还是选在雨天里来寻求一点青春的印迹，这并非出于高雅，也并不是特意的诗意的浪漫，相反，我倒是刻意在雨天里，带着几分颓废的意味，来探望盛开的你。当雨季里渗透着迷茫、空虚时，就会有一个人徘徊在这池塘的周围。我仍徘徊着，却愈加害怕了，你的娇艳，如同你正在老去。徘徊在这池塘的周围，一个人间，一颗最美的心。

等我漫步走过这个花季，你一定仍像现在这个样子，怀着同一样的目光，停留在同一个方向。我知道会有一天，在你枯残的荷叶下，还有着举举而独立的孤傲。

你又何曾离去过啊？南普陀之花，人间的一个角落，一直都在，一直会都在……

2010.10.6

芙蓉湖畔的影子

　　这些天的晚上没有星星，湖水里闪着的也是周围的灯光，灯光杂乱而虚幻，美丽却没有方向。凝视着这夜，蛙鸣，人静，心空旷……

　　树下的草坪还散发着淡淡的干草的味道，这个夜是潮湿的，干草也潮湿着，香味也是潮湿的，只是淡淡的，淡淡的草香味道。我总想这个夜是特别的，静得那么可爱。本只想静静地享受这湖边片片的美，可我终于要向湖边靠近，想要触摸它的时候，竟又不由地哭出声来。原来这一切都不是我的，更不容我的接近，我所有的爱与赞美都如湖中倒映的影子，可以感知却又为之伤痛。

　　绕开湖边曲折的石板，我朝着远处的灯光信步走去。在这没有星空的夜里，微弱的灯光显的如此神秘。我总爱在深夜里行走，爱在黑暗中寻求点点星光的感觉，此刻再也不必寻求了，微弱的几点光亮早已布置好了，可这却不是我所渴求的感觉。脚下的石板路在灯光下显得灰灰的，我极力去数着脚下的路，想留意每条石板下踩过的痕迹，好像在试图记住些什么，又像在极力挽回些什么，我稳稳地走着，看着湖中静静的水。在湖边靠岸处有一小岛，我轻轻地慢步过了桥，立住，又本能地踏上台阶，轻轻地撤了回来，没有月光，没有灯光，岛上黑黑的一片，影子也黑黑的。

顺着小路不远几步是笔直的绿荫路，路的两旁是参差的树丛，路灯隔着树也呆呆地立着。我小心地走着，静静地，怕惊扰了那片湖水，也怕惊醒湖中心的石头上那只常年独居的鸟儿。我常想那只白色的鸟就是芙蓉湖的影子，如同这路上映着的树的斑驳的影子一样，孤独而又寂冷。在不远的路灯下我故意放慢了脚步，此时我看到了脚下的自己，我突然感到这一生都如同这灯下的影子，都将在脚下走过，过去的，或将要过去的，都是如此的明明白白。不论我走过多少遍，每次回头，看到的都是被拉得细长的影子。而此时那影子又是多么的孤独和冷清！

我已不知走了多久，但知前面还是斑驳的树影和微弱的灯光，再回头，身后仍是自己细长的影子。可这条路还伸向着远方，前面的灯光依旧亮着，身后的影子却渐渐暗了。可我还是一个人站在路的中央，还是我一人独自走着，一个人走着，走着……

　　如此凄静的夜，没有星星，没有月光。而此刻，远处倒映着闪闪灯光的湖面，虚幻而美丽，恰似我向往中的星空。

　　我久久凝视着，蛙鸣，人静，心已朗……

2010.3.6　夜

又是一个午后

是不是该和你说些什么呢？我可爱的朋友，我是这么地欣喜，希望告诉你我看到的东西，又是一个午后，在我忘记自己的时候，我又一次回到了一个我也许忘记了的地方，这是你不会相信的，就连我自己也很难相信，差不多久违的你啊，才让我在寂寞无聊的时刻还惦记着。

爱是一个人出去的，去到以前走过的地方采风。我当然更加相信这里有着难以诉说的秘密，要不怎会有迷恋于此的一对对情侣，对于我而言，他们还算不上是多余的，非但如此，在必要的时候还乐于充当亮丽的风景，好比秀林山水之间兀地突起的亭子，多余但也少不了歇息的益处。

看浅了湖水，吹淡了风。粼粼的水光在风中舞姿着，有些轻佻，有些妖媚，还有些几近疯狂的放荡。点点水花在飞舞着，不是梦的虚幻，更似梦的缥缈，真实又不乏深度。

一波波的水浪如一个个挥着薄如蝉翼的纱裙的女子，袅娜风韵，忽远忽近，婀娜有姿。我是被迷住了，除却了这柔情的湖水，还有着暖暖的风，淡热的午后，一切都显得那么的自然，山上的垂青或是因昨日的湿润而略显妖娆，草亦分外的绿，新发的嫩色结成一片一片，铺出了数块儿春意的凉席，如是给这烦闷燥热夏日的装饰增添了几处点缀，舒凉着人心。

阵阵的松涛声在耳边响着，每次来湖边都会细细地去听，听那松针被风"肆虐后的哀鸣"。

2009 夏

我的写作

这些天心里很是矛盾，想了好多。

这里我想说，我不会再写东西了，我的文章全不是捏造，但也少不了有些艺术的加工。一些人物或场景，在我的生活圈内都可以找到原形，这或许就是用心生活吧！生活给了我好多好多灵感，而今细细看来，文笔太差，所体会的感触的大多难以表达出来，所以写的东西我都不太满意，自然别人也不能真正地理解我了。

真情流露的东西，在一些思想臃肿的人看来，免不了有几分哗众取宠的味道，然而我的冷眼旁观，竟无意间让自己成了主角，这可不是我所希望的。

我一向是厌烦沉默的，如今却学会了忍耐，学会了接受，学会了去习惯一些东西。我不知道这种沉默是自己的一个悲哀，还是这个社会的荣幸。有些人总爱拿年轻当借口，但是它对我来说便毫无药效了，我很会医治自己。他们可能忘记了，老人的智慧还有儿童的心，这是很难得可贵的。

很想家，特别在失意的时候。是逃避吗？我依然会坚强地走着，值得回忆的大多又是生活的苦处，关于雨果的我们都是罪人的话我亦不必再说了，我想还是很有道理的。生活是苦的，苦又是快乐的，我会用心生活的。如吴宓的一首诗里所说，"久知安乐为身患，略识艰难赖此行"。

2009.5.2

葬坟前的天堂

做些什么呢？一根雨丝系着我左右摇晃，只感到好困，想睡又找不到地方，静静地，待在图书馆，看着思绪飞扬。

好久都没人告诉过我，我的世界是不是太狭小，一味地自己去主宰，偶尔有几个人无意间闯入，我却又是真心地去善待，我知道我是不快乐的，也是为此，送走了他们后，就爱躲在小房间里忏悔，忏悔我内心的虚伪，但是，朋友，请你们原谅，原谅我那堆砌起来的善意的微笑，我没有什么能够给你，更舍不得把自己的孤独分你一半，你可知，那孤独是我用眼泪换来的财富！

桅杆是朱褐色的，杆上沉睡着一个我。迷睡中我还清醒，多希望能梦回到故国里。我常想，每个人的世界不都是一个天，一个地，一个心灵吗？！是不是老天也为我而伤心，凌晨三点还轰着雷，让我为它落雨，到底是落着雨了，可春又不见了。

灰灰的天，黯淡得像是要杀人。当然，至于死我是不怕的，早就做好了死的准备，来来去去，还不真如这天，时而笑，时而哭。多少人，多少人笑过哭过，于天无应，只骂天是个太自私的家伙，从不去怜惜你的悲哀，唯有地还有些灵性，慢慢拢起个小土丘，掩埋你所有的伤痛，让你安心离去。即便是远走的你，老天也还是会在你坟前耀威，只是清明时分，它抵挡不住那众人的虔诚，才会把脸遮灰，为你掉下几颗凄伤的眼泪。

天会晴的，我相信着，因为太多的人走了，他们走的时候带去了别人的泪水，也带走了窗外飘着的雨。

而现在，坟前和天堂一样，仍潮湿地落着雨。若不信，你推开天堂的窗子，看看我那坟墓的样子。

2009.3.7

蝴蝶没飞走，死掉了

今天下午和荣龙信步游散在校园中，走到通往南区的隧道时，看到一只花样蝴蝶，直立在地上，不动。我小心捡起它，放在手心，自以为得了珍宝，向前走了几步，又发现了另外几只。后来才知道，他们都已死去，只留下美丽温馨的外表给我们观赏。可能是冬来了吧，这些天的萧瑟，想必这些小生命也是受不住的。刹那间，想到自古以来，落花诗不止千首，可很少读到关于亡蝶的诗句。人们常念蝶恋花，可花开花落都是诗人寻情寄愁的意境，蝶，就只能作个陪衬吗？

放蝶在我手心里，感到它有千般重。隐隐约约像听到了它在哭泣，侧耳想与它同泪，又只听到我一个人在低语：蝶恋花，蝶恋花……

已是寒秋了，我默默着吟着前朝的诗句，蝶恋花，蝶恋花……

想为蝶作诗，虽然它已经死了……

《悼亡蝶》

自古蝶恋花成句，几回潮生千秋语。花落岁岁花开时，
蝶去亡亡人不知。陌上无语多行窃，委泣残阳马嘶月。

2008.11.28

很想回忆

每个无风的日子里，我都会出来看你。

如果你是天边的一块儿云，那整个天空都藏在我的眸子里。

我怎么也听不到你的声音，独有散步在湖边，看那天边的云。天是格外晴朗的，特别是晌午的寂静。没有了风的肆虐和轻抚，它便安静着。一片湛蓝湛蓝的天，我一个人，痴痴的，在那天边的一块透明处，又看见了隐隐约约的你。

我真的好心疼，心疼你总是在逃避。多少个无风的日子里，多少次想和你倾吐谈心。可这个世界的美，这晴空的蓝，一次次将你淹没，一次又一次将你从我的视线里夺走。明明是一个无风的日子，我却看得见，你那白白的云裙，被撕成了几份儿美，几份儿远去了的，淡了的美，你走了。

后来，阳光散乱地撒满了我的身上，温暖着我送你远去的目光。

后来，我也没有心思在湖边逗留，裹起衣衫，顺着影子去找你，找回忆。

2008.12.2

梦？随想

　　她说她和他很好，可不知怎的，我就难过着。

　　中午又下雨了，哗啦哗啦来得很猛，去得也很快。

　　雨水的簌簌声吵醒了听音乐的我，心里好像藏了什么似的，说不出口。后来做了个梦，又梦见了她。她骂我坏，骂我随意牵她的手。可那也只是梦，也只是不切实际的胡作非为。

　　终究她是不要我了，我好像在梦里哭着。

　　醒来蒙眬地打了电话，聊了许久，可泛泛地感到我们之间有了距离，以至于没有共同的话题，我担心连朋友也做不成了（事实上后来我们还是好朋友）。

　　村里都还保留着那么一种说法，"女大不中留　找个婆家嫁了吧"。是真的，她说了一些不可能的理由，而那些理由也是我早已思虑过的。听她说他们已相识了两个月，是别人介绍认识的，在农村这便也是常事，从没见过面到认识以至于相爱，或许是会结婚的，我大抵这样猜测着。她说大了也应该想想了，多少也只是早晚的事。为什么？我不明白。是不是整天无节假日的工作让她发愁，还是寂寞空虚想找个人陪？有时候真的不敢去相信，一个人的终身大事竟然像是儿戏一般被世人动了真感情。听她说，来年，或许会结婚，说实话，我一直都觉得自己还是个孩子，尽管有时候假装像个大人的模样，可我从来没想过我们这一代人对结婚的概念，自己忙得不知是个谁，还爱去吃那结婚后的繁琐。去用一生相许只为满足一个空白的现在，想想都有些怕。

就这样过着不好吗，就这样过着，留着年轻少挥霍些未必就是件坏事，单单要像《红楼梦》里的女子那般散了，岂不难受？！你娶妻，她嫁人，一旦踏入了婚姻这扇门儿，好像童真稚气大都没有了，销匿了，代之的却是我看来不伦不类的成熟。在家，常听大人们叹息"少年不知愁滋味，待到愁时说还羞"，"四十岁前睡不醒，四十岁后睡不着"，可我们就偏偏爱去尝那叛逆的苦涩。

我不应该去想这些的，但毕竟还是想了。梦里是那般的模糊，可一些零碎的东西却又催使了我要去深思，去深思些极无聊的事情。

唉，是不是一天我们都会变老的？不经意竟想问自己

058

这么一句，道不出来由。

设若是在某个夏天，偌大的一棵苍枯榕树下，一群老人孩子似的打着扑克牌，我成了个糟老头儿，你也成了个老太婆儿。

那时的心一定很静，静得空旷，静得紧塞。花儿开着，鸟儿叫着，天还是蓝蓝的，地也还是如同先前的那样安详，安详地躺着，一动不动。辉煌，彷徨，没有了，什么都没有了，什么也吓不着那群老人了。他们能来这个世上本就是个幸运，又何必计较呢。一切似乎都安排好了似的，那么的理所当然，没有了对，没有了错，没有了，什么都没有了，什么也吓不着那群老人了。他们而或笑着，而后又静静的，静静地在等着些什么。等着，等着……静静地等着……

天很阔。

后来，风轻轻地，轻轻地吹过，扑克牌顺风飞着，埋进了土里。

后来，风又轻轻地，轻轻地吹过，老人被风吹散了，也埋进了土里。

后来，花儿还开着，鸟儿仍旧叫着，天还是先前的那般蓝，地也还是如同先前的那样安详，安详地躺着，一动不动。

2008.6.29

恋上了你, 漳校

　　天渐渐热了, 暖暖的春风让人还能感到一丝丝的凉意。校园里的花开的正盛, 我不知道这花是开在春季还是属于夏天, 或许也无须知道, 她们终究是一簇一簇的, 鲜艳得可爱。

　　记得刚踏进校园时, 心里确实有些不快, 本以为应是一个美丽的校园, 应是一个心中向往的天堂般的感觉, 可走近一看, 只是几座棱角分明的建筑物, 一座光秃秃的小山和小山上那仍见土壤的薄瘠的草地, 还总觉得少了几分绿意, 当然还有那规矩的跑道和跑道那边的一弯死死的湖水。那一刻, 我的心着实凉了许多, 本能告诉我我走错了地方, 不是梦中的求学圣地, 而是一只丢在山里的丑小鸭。

　　回忆刚刚过去的半年时光, 像是刚刚从身边溜走, 又像还在身边萦绕, 有些缥缈, 却又那么现实。不知不觉它已偷走了我大学八分之一的旅程，而如今细细想来，与校园日日相伴的感觉已成了我生活的一部分，一点点的差错都会让我不适应。

爱独行，独行时才更易认清自己，知道该如何走下去。而我所爱去的地方也莫过于芙蓉湖旁的草坪和那光秃秃的小山头。

散步让我爱上了她——芙蓉湖，曲曲折折的湖岸，安静而又不甚浑浊的湖水以及草坪上那一份份绿都成了我爱上她的理由。

阳光暖暖地散了一地，饶有雅性地沿着湖岸慢步，怕是踩伤了脚下的那片绿，或是耽搁了那池水，时不时地止步，看那山，看那水，看远处的那片绿和与绿相接的那片辽阔，湛蓝湛蓝的，恰有天马行空的感觉。就这样一个人散步，一个人过着，文静也好，邋遢也罢，仍头发翘着，仍衣服皱着，招摇地真不知自己是个谁，皇帝爷是老大天王老子就是老二，心里再也容不下哪个谁了。倦了，就地坐下，胡呀地哼着曲儿，像是在与自己倾诉，倾诉那种难以言说的安逸和舒适，像是在讲给湖水听，又像是在讲给草儿听，湖水里倒映了我的身影，岸边流下过我的足迹。

猛的，我感到自己与这芙蓉湖结了缘，是她的参差和曲折带我到了心灵的深处，是她的恬静和妩媚抚去了我清涩的痛。

　　啊，不会说话的你就这样闯入了我的眼帘，躺在了我的心房里，你不忍离去，我亦不让你离去。

　　光秃秃的小山头也成了我沐浴阳光的宝地。拣一个舒适的午后，揣一本散文集，径直地走到山头，蹲一块儿大石头，吹着丝丝的暖风，嚼着书香的精髓，一个个灵魂就在这泛黄的书页里快活着，化成一道道香气映照着我。脚下那被风侵蚀过的石头和石脚缝里挤出来的儿朵野花都已失去了原本的单调和朴实，对我，它们似乎有着更深的意义。

　　困了，躺在半山坡的草地上，以书为枕，以阳光为一纱暖被，有鸟鸣充溢耳间，有花香扑弥着鼻沿，那么的自然，那么的贴切，让我竟无法分辨这到底是丑小鸭还是白天鹅。

2008.4.20

很多很多的回忆

其实也只是想到一些琐碎的往事，想到了你。像是刚刚过去的，却已去很久了。

本想好好放松一下，宣泄一下，又感觉是在浪费时间，浪费生命，心里很矛盾。

今晚我拨了好几次你的电话，却总是关机，不会出什么事吧？别吓我，你一定很好的，你很会爱惜自己，这点我知道。

昨儿你说想看我写些什么，其实哪有什么啊，不过是闲暇或心烦时玩弄文字罢了。像我这样，终究是个顽固不化的多情的孬种，多愁善感似乎已是常理，每天必不可少的。前些天，看到林语堂的自传，他说自己是个多愁善感之人，见物必思，有情必泄，这样其实也很美，可他是个大作家，能出能入，而我呢？一头栽进浑水里就洗不净了。

倩，我还想再在你面前抱怨自己。这些天我很压抑，很是不快，好多想说的话却又无从说起。

倩，你病了？多穿点衣服，免得让人牵挂。多少我都有点儿多心，你永远都是别人的，对于我仅是个朋友而已，或者说是青春驿站的一个过客。

当初我邀你做同桌，真的没别的意思，只是希望带你好好学习，你那么的刻苦又像蒙了一头雾水，有时看着你那饱含泪水的深情的双眼，我忍不住偷偷地移开了视线，怕你尴尬难堪。给你讲题是一种享受，有时觉得女孩子很美，胆怯的我时不时偷偷看你的脸，看你那黛眉下深藏着的紧蹙的双眸，我知道这是一个男孩的觊觎，可我并没有想过得到什么，只想这样静静地享受那种感觉。记得一次，你似乎察觉了什么，说我坏透了，知道吗？你那句有意无意的话竟让我伤心了好几天，于是我开始收敛自己，不那么放纵了，怕你又冒出一句误解我的话。

其实你为人很好，就是心太软，那次我故意逗你笑，而后又有意不理你，你急了，几天想和我说话却又找不到聊天的话语。还有那次我哼着《父亲》，你听着就哭了，你还记得吗？那次看见你哭我也很难过，很伤心，感觉自己欺负了你，后来我俩又和好了，时而说时而笑，你耐心地听我讲杨芳的事，其实这种耐心早已使你习惯了。

中午，一人躺在床上，真希望你就在我身边，说说心里话，谈谈开心事，就那样近近地睡着，像张爱玲小说中写的那样：永远都是淡淡地挨近一点，后来便事过境迁了。现在想想真的是事过境迁了，倘若再有今朝，倘若再有……

现在你们都走了，都去了那么远的地方。老马说他也很羡慕很想你们，还记得那次我叫你给我们送外语书吗？我告诉老马说你会亲自来，他也很高兴，那些天我一直在等，自己也不知道在等什么，一天中午吃饭时，老马说你来了又走了，我听了好气好想大骂你一顿，他说你要匆匆地去赶车，我什么也没说，那次电话里我说我想你，你一声不吭，不知怎么的，和你说着说着我就哭了。

其实我们这边也有一个张倩，她叫李海丽，才来时候我感觉她好像你啊，一样是短发，一样是胖胖的脸，她人也很好，很单纯很天真很开朗还有几分稚气。

总是不知不觉地想到你，想到为了高考走过的最后两个月，想到你那男孩般的小脸，想再碰碰你的头发，还想再听听电话那边传来的你的笑声，现在什么都想，可现在什么都是那么的缥缈，觉得青春就在微波中荡漾，显着春天的颜色。哎，也不知道自己到底在想什么，现在只有回忆，只想过去。

你问我还想她吗？我什么也没说，反正现在还不想陷入爱河，听说那里水深，怕淹着。哦，现在对感情不感情的已没工夫来理会了，有时候感觉呆在不远的地方去看它，欣赏它，也很浪漫。

倩，这些天心里总是不平静，有意无意地总是责怪自己，一想到你们都走了。留下我们几个人在这个破地方就难受。感觉自己来这里是在还债。下课了，一人蹲在教室前的台阶上，想想像是度日如年，可一回到座位上，想到高考又感觉时间如流水。这笔债，可能无人能理解它的价值，每每想到它，心里就一阵痛，是一个还没愈合的伤口，而我却在它愈合之前故意撒了一把盐，让它痛尽心底，这样我就可以永远记住它，永远不会忘记！你还记得吗？那天我问你有何要求，你说要我拿620分是吗？天啦，我不知道为什么你这么相信我，可我还是很乐意试一试，来这里我学会了相信自己，因为上帝是公平的，别人能的我本也能！半年了，来这里半年了，时不时想起刚踏入校门的那一刹那，时不时想起独自徘徊在县一中时那不灭的决心，时不时告诫我自己这本来就是一种命，是我先前犯的罪啊！

倩，有时我不想人陪，想一个人走，静静地独自玩味。

你让我想开点，我尽力。

你在电话里问我想上哪所大学，我在电话这边摇摇头，不想说。机遇总是邂逅那些有准备的人，我想我现在还需要时间来准备，现在我很空虚，想用知识来把灵魂充实。

哎，晚上舍友都进入梦乡了，我却睡不着，趴在窗前看月亮，独自一人，像一个关在笼子里的小小鸟，想飞出这个破笼子，却几经折腾摔得遍体鳞伤。天上星星依旧笑嘻嘻地眨着眼睛，像远方黑暗夜空的灯，让人看到了希望，月亮出现得很晚，像个腼腆的女孩，总是姗姗来迟。多想走出去，走出这里，走向明天。我爬在窗台上，凉意袭来，不觉浑身一颤，抖抖的，甚是凄冷，霜气下来了，我是禁不住的，躲在被子里，哼着鼻子，想着想着，做了个梦，梦到在一个阳光灿烂的春季，我一人跑到河岸上远眺，狂叫，看那流动的春水，唱我最爱唱的歌。可醒后，你们都不在身边，悄悄地，悄悄地，两眼睁着，满是泪水，苦等天亮。

我知道，要说出内心那淡淡的忧伤，淡淡的美，笔是难以任命的，只有想，想象那个用破碎的记忆编织成的梦，一个永远都梦不完的梦！

2006.12.19　晚

你没变

你没变，没变！你永远都是我心中最善良的，最美的，不要这样说好吗，遇见你我没后悔过，真的没有，至少现在没有！

当你说胡话时，我真的好难受，是的，你可能有自己的苦衷，什么我都可以让一步，我想让你开心，可我自己却难受着。

知道吗？我常常回忆着我们的过去，那些风似的日子，那么的舒服，那么的让人激动。我真的不愿意丢弃它，不愿意用放弃两个字来抹去那早已沉淀在脑海中的记忆，那么美好那么难以忘记！或许我也不可能抹去，因为我怕那会是一痕不可愈合的伤疤！永远地痛着！

总想高兴，却没有心情，有时感觉自己很孤单，像是一个漂泊在异乡的孩子，找不到回家的路。总想告诉自己该做些什么，可睡着躺着，抬头望着天，心依旧乱糟糟的。一天晚上睡不着，睁着眼等天亮，什么都不做，什么也不去想，可眼泪却悄悄地划过脸庞。我不敢哭，怕吵醒宿舍的同学，就让它悄悄地流着，我想泪干了心也就愈加透明了。

啊，偌大的一个教室像是多了我一个。又像回到了高三，一个人坐在最后一排，拥有自己的一片天地，那么的自私，那么的疯狂，那么的不可一世，平静的外表里又多藏了一份痛。你说让我做好心理准备，是吗？你的语气是那么的坚定，不留一丝气息。我想疯，或许疯了就全忘了，可我仍然是如此的清醒，我还有好多事要做，我还有很长的路要走。

一个输者，一个赢家，谁对谁非谁说得清！！一天谁先后悔了，走了，不在了，什么都没有了，还有人步人后尘，还有人会相信那句不老的传说：真心的付出就有收获！！

好想像先前的那样开心，那样的疯狂地去爱，把它看作是人生的一件有意义的事去做，用心去栽培，用心去爱！因为我不后悔我说过，也不后悔我做过，我还想去尝试，还想让你开心，让你快乐！

明明是一份好的开始，你却要把它推到终点！

你愿意吗？至少我不愿意！看着你写的话，我有些惭愧。对不起，我没有让你高兴。啊，像是没有了过去，也没有了将来，傻傻地笑着，感觉不到快乐。当年的意气风发都跑到哪里去了？知道吗？我还要去飞，还要去追，还想在自己打拼的天堂里放风筝，还想做一个孩子，无忧无虑的，做一个普普通通的天真无邪的好孩子，像你一样的好孩子。

相信痛并快乐着，相信我不会轻言放弃。海誓山盟的爱情或许也只是偶尔兑现的谎言，可我们从来都没有海誓山盟过，因为我们都不肯违心地向对方撒谎，你没有，我也没有。

相信还有明天，尽管还是我一个人躺在操场上数星星，一天星星会说话了，更亮了，白白的遮盖了半边天，你知道吗？它告诉我说，那不是泪花泛出的白光，那是黎明的降临，它还说明天不会很远，用心去等就会有那么的一天。我相信星星的话，相信天使的《甜蜜约定》。

你也相信好吗？因为星星是真的，天使也是真的。

2007 晌午时分　轻风

那年夏天

让时间悄悄地抹去悲伤的记忆

有一天我们会想起曾经的过去

不属于我

不属于你

你不曾后悔

你只是心碎

爱着

却不敢走出自己的心扉

往事不提

似风而去

我们还年轻

我们真的年轻

结束了，一切都结束了！像是没有了过去也没有了将来。我躲在小小的角落里记下刚刚掉下的泪水。

或许在别人看来我本应是高兴的，抑或会疯狂起来的，可我却没有，因为我注定是个多愁善感的种子，注定是个输者。

一上午浑浑噩噩地过去了，我不知道自己在干些什么。下午我找到她，一个熟悉而又陌生的女孩。我感觉和她很说得来，因为在隔了数年又见到她时，心扉就开了，什么都敢去想，又什么都不去想。

一个飘忽的上午也不知道是怎么过去的，一些模糊的记忆碎片就是和她在天桥见面的那一刻，其实当时我很高兴，高兴地不敢正眼去看她一眼，我怕那对我来说会是一种奢侈。

公园里我们选了偏僻的角落坐下了，足以消遣的是一块冰凉的石凳和不远处那一群戏水的孩子，一切都像是安排好了似的，那样的恰到好处。弄得满腹经纶的我一时间竟哑口无言了，水面上荡起了几丝涟漪，那么的平静，天空也飘来了几滴小雨，打在路人脸上，原本我那潮湿的心也愈发冰凉了。在那时我想起了好多，想起高一时和我喜欢的那个她打闹，逗笑，想起一天我们在去食堂的路上时的双眼交锋，那一刻她偷偷地笑了，可我却笑不露于形外。

啊！过眼烟云，一切都在我脑海里飘忽而去了。

我真的想知道你在哪里？在哪里？一个人睡不着的时候，总是会有所希冀，希望你会记得我，一个人走在大街上也想有所寄托，渴求着你就在我身旁……想的多了泪水就在眼眶里打转。

现在呢？现在坐在我身边的是我的一个很要好的朋友，是我的一个很老很好的同学。彼此这样静静地坐着，我不知道她在想些什么，也不敢去猜测她想做些什么，糊涂的我肆意地想拉着她在雨中疯跑，去体会那心跳加快的感觉。可我没有，这些荒谬的想法并非是我所不敢做的，只因曾经换回的一句誓言，只怕那是为了弥补空虚的你丢下的敷衍。

我快哭了，快消失了，是我太忠实了还是我太迂腐了，情感总是那么的耿直，让人不可一越！

我们离开了那不属于我们的石凳和石凳后面正相拥着的男女，一脸尴尬的我知道这不是我们原本的初衷。

"小玉，你知道到哪里点歌吗？听说就在附近，我找了好几次，可没找着。"我想起以前为了给先前的她点一首歌几乎问遍了班上的所有同学，想起了在她生日那天我一人走在操场的无奈和窘迫。

"知道，走，我带你去。"她坚信地说着。

"你想给谁点歌？哦。静涛，我也快过生日了，你想送我什么礼物啊？"她好像很高兴，因为她的嘴角上分明挂着一弯笑意。

"知道吗？这是个复杂的问题。"怎么和她说呢？我思忖着。

我尽量去敷衍她："哦，不！我只是随便问问罢了，没，没事。不，不为谁点歌啊。礼物以后再说，我们到那边去。"

我真的不想去骗她，可我却办不到，直觉让我去撒谎，让我去掩盖内心的恐慌，让我独自保留着那份不可告人的秘密。

怎么了？到底怎么了？一段感情把两个人上锁，封得我一个人沉痛着，一路沉默，一路难过，以后我该怎么做？看到自己没有了快乐，心情也不再平和。

过了电台，我们向河边走去，河水不是很大，但很平静，我想这河水有着我自己的味道，它本是肆意的，狂放的，而今却显得这般平静，像是在欺骗一个善良的人。它一定也有愧，因为它的灵魂"水"是那么的浑浊。

"静涛，你看'一水人家'。好美啊！要是能在水上生活好美啊！"她调皮地指着停靠在河边的那艘破旧的轮船，船上写着"一水人家"四个字。

她依旧灿烂地笑着，看着远方的河水和河那岸的古城，好像在想些什么。

　　"晓玉，你很美，看着你我怕自己会动心。你不是一直想知道我为什么难过吗？可我却从不曾在你耳边提过，现在我们在一起，明天呢？明天我就要走了，去一个很远很远的地方：那里有大海，有更大的船，有很多我不认识的好朋友，有一个让我放飞梦想的天堂。我知道那里是个美丽的地方，可我怕一天我会一个人过去，一个人走到天涯海角！"我想着我的大学，那个好听的名字。

　　站在河边，我用眼睛凝视着远方，那是一片蔚蓝的天空，是属于一个孩子放风筝的地方。

　　河边没有多少人，远处的汽车喇叭声还在不停地嘈嘈地响着。

　　无意间我发觉我和她走得很近，如同小时候背着破烂的书包推着，耸着，走在泥泞的小路上。

　　　　　　　　手勾手

　　　　　　　好朋友

　　　　　我又想到小时候

　　　　　我又想回到小时候

　　想拉着她的手，却又不敢，怕伤了自己的心。

一路上我尽力地去忘掉那些复杂而又荒谬的想法，想用友谊来装饰那颗快要凋零的心。

回来的路上谈到了李连杰。还有一些电影……

2007.6.30　深夜

生与死

我开始怀疑，自己不够纯净。

我以为自己很爱自然，很爱生活，又想到所爱的是不是
只为在逃避一些东西。以为自己的内心好狭隘，不明不白就
有些怨恨；又以为内心好洁白，时时感觉有些灰色和黯淡。

好怕，会不会这些都是内在的，或许我本就是这一个
人：稀里糊涂的，为了生死伤神；不知不觉的，在一个破
屋子里沦陷。

其实，我真的好怕，在一个死亡的边缘，不是生命的
离去，而是每一分的每一秒，隐藏着窒息。

我仅仅是个普通人，懂得悲喜交加后，所剩的只是简简单单的平淡，人生也是这样，这样也不悲观。

秘　密

秋，一个忧伤的季节。

昨夜今晨，我想抽烟，想喝酒，想成为一个浪子。

浪子，从此后再无罪名，再无来历。一切都如我这彻夜的所思，让思念和哀伤在此处打结，留给后人一个千古的谜。这种滑稽的故事再也没有人愿意去续写，我只想知道，为了一片黑夜和白天，有没有人像我一样，常在孤独中醒来。

夏日的肤色在秋季中渐渐淡去了色彩，一个忧伤的季节，让我想起了午后，想起了沙滩，想起了一片富有的荒凉。总以为是满树的金黄，还是记忆中的稻花香，还有浅浅溪水两岸那枯色日日盼来的坟场，或许已经长大，暗暗中，想抽烟的时候，心中有种淡淡的忧伤。从不再想去逃避，面对又让人全无精力，我高昂着头，等待憔悴。

憔悴，不是我以前日夜苦守的凄美；凄美，是许多人多年后捧在手心的秘密。

写到此，我又开始欢喜，欢喜在一种傲气中滋养出的颓废美。这种颓废是极其孤独的，不是红楼，不是王国维，也不是哥哥，我想生命在于解脱，人生在于超脱。许多窃以欣慰的想法，都闪现在夜深醒来的一念之间，我在难过时抽烟，在烟雾中，仿佛又看到黑夜的舞姿。

黎明来临前的那一段静谧，如同活在生与死的边缘，很孤独，很美丽。

活在生与死的边缘处，灵魂仿佛有了它的重量。亲情，友情，爱情，心灵，生活，生命，我总把它们分得好清，又试图由自己全全地包揽。如果生命真的可以折减，我想自己每天都用心地活着，直到一天突然发现需要离开，再告诉世间我曾来过，没有美貌，没有才气，我怀着一颗普通人的心，演绎着每天的反复无常。

没有美貌，没有才气，我怀着一颗普通人的心，演绎着每天的反复无常，这是不是已经够了？

2011.8

城堡外的徘徊

　　有一个心爱的女孩，谈心的朋友，直到聊天到了一种精神恋爱以后，才大胆地表露心声。只是朋友，再不掺些许爱情，我想这样很好。

　　再没有女朋友，没有妻子，也没有孩子，只此一生，我可以放心地去飞，正如同我多年前想象的那样，像死一样，轻飘飘，这种处心的安排，定有多少人不解，可我最怕的还是自己的不解。生死之心，让我在最绝望的时候坚强地走着，非但要走下去，还要从容。一切都显得平淡，如此的年复一年，蔓延到人世的边缘。

　　遇见了多少，又错过了多少，每一个都用心地去珍惜，又等待一个个的离去。像一朵朵花，在青春的年代里，飘来了，又飘远了，随着风的脚步，从不知它的来历，也无法去记载。不爱守望，只是背负，在这少有的路途里，每人都有自己的孤独。我这个命，或许本就该荒芜，来来回回中，平添了一身尘土。

如果一生没有了爱情，那倒也好了，人生终究有了一个遗憾，回忆里多了一个完美的断点，就此分开你我。

纪念，为了以后有所回忆，我在城堡外徘徊，伤心地徘徊。

质　疑

如果一件事给我的感觉，不是发自内心的，不是灵性的，那便是虚假的，即便是生活，也毫无意义，而这样的生活却是何其的多，让我有了怀恨，有了质疑。

上下五千年，都是有奴才的朝代，我终于等到这个年代，也是个有奴才的年代。奴才是不是也有级别的，对此我没有考究，也无心去考究，我想大抵还是分级别的，若不是这样，那世界就只有主人与奴才了，岂不是很和谐？可现在的人间不和谐，所以我很苦恼。更让我恼怨的是，我本非主人，也非奴才，奴才有奴才的职责，主人有主人的吩咐，我只是我自己的了。做了一辈子的奴才，几时才能升级成为主人？有人说一日为师，终身为父，我想那些命里本想做主子的奴才们看到这句话一定很生气，因为他们一日为奴才终身为奴才啊！

有时我在一旁偷偷地笑，有时我在夜里的长廊上久望，望天空，望星星。我知道夜是最安静的，这也是为什么星星不会说话，人们也不知道她们到底想讲些什么。黑暗都在黑夜里偷渡着，此间隔着一群熟睡的人们！我知道还有些所谓的人的气息在蔓延，在夹缝中生存着，无可奈何，只能久久地等过这久黑的夜。我想买醉，就在这星空下，让风吹跑过每一个巷子，呼呼地响着，从不再回头，在这个年代里，回头只会有悔恨，有质疑，所以我坚持，坚持凝望着夜空，以为一切都是好的，即便是做奴才的奴才和那些身为主子的主子！

我想历史会重写的，至少在我的方格子里，文言或是白话，诗或是词，不饱含深情，也不激昂跌宕，写下"良知"。

历朝历代，追寻的进化，都在生与死之间交替出现着，诞生着。一天一个时辰，那是自我的交替和诞生。人，只有一辈子；看别人很短，看自己，很长。今晚的夜同昨晚一样，凶凶地吹着风，每朝每代，都会有这样的风。

我想到塞外，想到山谷，想到荒漠，想到高山和沙丘，最后是一望无际的平原。不见古木，也不见树林和村庄，只剩下害怕和孤独催逼着我去勇敢，可我寻不到路径，远方的或是早已远去的，再也寻不到，在这片荒草里。

人不该绝望，绝望在一个一个的方格子里，挣扎得心疼；我忽然看到一行一行高又高的围墙，围墙里的人们，害怕、孤独。

2012.3

空旷里的风筝

　　我出生在一片土地上，死亡也在一片土地上；这一切都被人看在眼里，空旷。有人说生与死的距离是可以度量的，我以为那度量的是时间，如今也都在空旷里，在一群人的眼里。

　　我命里注定是不能踏遍人间路途的，我所有的都在这天空里。

　　每一次，被人们放长的一生，都是与我无关的，那个真正度量自己一生的，往往也都是别人。

　　有时，我竟没有权利去埋怨这一生的短暂，尘世只是我所见到的，那群人们的据地；有时，飞得越高，我越可以感知生命的长度，越是害怕；如果命运是自己主宰的，那宿命一定是庸人给自己的一个借口。

　　后来，为了一片毫无目的的追求，我在几年里徘徊，

又在几年里徘徊，有时只为等一阵风，有时却更愿意这样孤独的等待；有时，仅仅为了活着；可我知道这一切都会结束的，结束在风轻云淡的日子，结束在一个突如其来的想法，结束在一生，长长的一生。

长长的一生只是为了让我更加的渺小，可我在心灵的高处感到人间渺小的时候，却发现自己的天地更宽了，从此我开始隐去，隐去我的色彩，隐去我的舞姿，隐去我对尘世的偏见。但是，这片空旷，是人们从来不会领略到的孤独；人们看我更远，我看尘世更清澜。

生来、离去，在同一片土地上，这样的完美，终究无法逃脱。

有人说，命运是自己主宰的，可为何我的一生只有这个长度？突然，我好生怨恨，怨恨那些把空旷放在视线里的人们，怨恨这匆匆的一生。

2012.4

归家的路上

　　我早已睡下了，又翻身起床，开了灯，关了窗，点上一支烟，开始想你。或许我早就开始想你了，在我关窗之前，在我开灯之前，在我入睡之前。

　　烟雾里，我低低地沉醉，分不清是在听窗外的雨声，还是在回忆以前的片段。天赐恩缘，而今这样的夜里，相识相知原本已有多余，何苦平添难言的思念。于是，我又点上一支烟。

　　夜已深，仍有宿鸟藏在孤伶伶的夜雨里，我听得见它们的叫声。阴天总不见星星，可能是我们相聚太远，没有星星的夜，一种灵性的东西也随之消失了。我想人与人的相识，与动物、与天上星子的相识，都是落在世间的，既相识了，那感觉便再不会离去。从此后每个细微的回忆一旦想起，总以为在相识的一刻便成了永恒，可当我提笔要写尽时，却又偏爱向世人宣誓，所以很多个夜里我开始落泪，亦无法相信落下的泪水，是为那相识的一刻铭记，还是为这一生而逃避，终究只用了一刹那的心光，便滋生出了无数个夜的思念。偶尔，我习惯于胡乱地述说，述说鸟儿会唱一千年的歌，树会开一千年的花，而人却会死去。我知道这一切都是真的，像夜从来都是黑的，永没有白天那样的白。

我提起笔，自言自语地四处慌张逃脱，总难逃脱的是归家路上的那一程孤寂。很多时候，抑或是现在，我都像是生在这片孤寂里的孩子，频频拾起荒种，希望能在一个白天里种下，又希望它能在一个夜的黑暗里发芽，伴我成长。这夸张的想象让我沉醉，低低地沉醉，好像真的能在雨天里看见星星，看见她们如晴天夜里的星星一样明亮。我知道这一切都是假的，我所见到的只是指尖的烟雾正渗在紫蓝色的夜里，而思念淡淡。

诗，一幢灵性的房子，我却一直在寻找归家的路。我相信我是有家的，天生上帝之手。上帝无罪，我便同那鸟儿、星星一样自由。

房间里的灯光惨白，而后灰白，我点上一支烟，满是无尽的空虚。

此刻的夜，有着蜡烛燃烧一般的恬静，我隐约看到一道柔和的光，从脚下延伸到路的更远处。我的灵魂，轻舞得如一个伏在床头欣赏音乐的女子，自然而优美；我看到，一泊月色已落到了夕阳的尽头，全是无眠者拾得的片片金光。夜色中，轻盈的舞姿是少数天才者的梦，天未放亮，我便开灯捕捉，捕捉这时光的梦。我大抵相信这梦是真的，因为关了窗，关了灯，我仍可听见窗外的雨声，倘若一旦睡去，世界的上空就铺上一道道夕阳般的金光，有人告诉我，那只是一泊月色，写到此，我便信了。

若有一万年可以重复，我们便有一万年可以相遇。在归家的路上，没有星星和月亮，就打开窗，关上灯，仔细听空旷中传来的声音，请相信这不是梦，只是上帝给孤儿的一个特别的夜，但它是真实的。

夜深后，我忽然发现，原来上帝也是孤独的。一颗高贵的心，日积月累地被灰色沾染着，最后只会看不清自己，特别在深夜。

2012.5.21 夜

欲望与缠绵

你在对岸，我在这岸。闭上眼，往相思巷里看。见你不见，见我不见，欲望有缠绵。

这是精神的安慰吗？还是上帝在重生？似水流年，你我都在抢夺，抢夺这快要失去的年龄。生命，生活，生的敬畏，全从华丽的外表中掠夺吧，肆意地去掠夺吧！再也不需要那心口处的装饰，再也不需要伪为善良的忠诚。哦，好多好多的百合啊，昏黄昏黄，悬依在大树身旁的路灯。我想要弯身摘一朵，一朵百合花，再种进梦里，从此把梦封死。别再放眼门外的人，别再画曲线，别再想那个陷在泥土里的高跟鞋，还有那天空下的亲吻。哦，快快把梦封死吧。春天不见了，夏天不见了，秋天不见了，唯有冬天的一片白。我睡着还是醒着，空无一人。

哪里又传来了教堂的钟声，昨夜，前夜，为何这钟声没有了时间，这不是三更。为何是三更？上帝啊，这教堂的钟声，直击心跳，直击裸露的身躯，仓皇中逃往，逃往中跌宕，跌宕中呻吟着疯狂。

又须何处走，何处逃，这一场高贵而又卑微的宿命，宿命里相知。白天和黑夜，你懂几许？虚幻又不曾虚幻，美丽又何须躲藏。啊，无界无疆，这一群做爱的人类，让玻璃几度欲碎的真实。所以我不再相信我的眼睛，不再相信我的感觉，不再相信那高贵的美丽。如果可以赤裸，让我的世界和风筝在太阳下飞舞吧。我会牵着线，会选中一个无色的风筝，全白的、静白的、没有颜色，飞得高了，你就看不到，哦，让它尽情地飞舞吧，让它逃，你不也是这样吗？

捡一场高贵而又卑微的宿命！

此岸，彼岸，一条无息的河流让我们沐浴。以为看到了纯情的肌肤，像一大群孩子在湖边晒风；以为挑逗那透明的薄纱，你会像黑天鹅一样迷人在水中。以为那晒风的孩子多么的纯洁啊，以为那迷人的水中有你的体香渗透。所以我不再相信我的眼睛，不再相信我的感觉，不再相信那高贵的美丽。以为？以为？百合花还会开吗？

快把那梦封死！那昏黄的路灯！

多谢那借来的一点昏黄，当你完全被我看见，又劝我，无从遮掩，无从惊慌。你说幸福很多时候只是一瞬间的感觉，洋溢在爱和被爱的意念里，好如冬季的颜色。圣洁，让我们十指相对，往灵魂深处飘散开来。你在与不在，我在与不在，昨夜，前夜，那教堂的钟声，白日，三更。喜欢上长长的发丝，撩动在脸上；喜欢用指尖滑过背脊，喜欢去感触你舌尖的温度。让一切全部地背负，背负，昏黄的路灯和一群热闹的人们。可悲的上帝，你往哪里来，又往哪里去，我坐在石阶上暖了你的身体，一夜间，又冷了这一片宿命的风景。

啊，一场做戏的风景，一个无色的风筝。湖边悄无一人，水中也无影子，你往哪里来，又往哪里去。这些日子，我都在白天和黑夜里寻觅，寻觅人类做爱的姿势。后来我才发现，原来丑态和悲剧一样，全是美丽的化身。所以我不再相信我的眼睛，不再相信我的感觉，不再相信那高贵的美丽。

你在对岸，我在这岸。闭上眼，往相思巷里深看。见你不见，见我不见，欲望处难有缠绵。啊，无界无疆，可悲这一群做爱的人们，让玻璃几度欲碎的真实。

啊，无界无疆，没有年代，没有性别。不要相信你的眼睛，丑态和悲剧一样，全是美丽的化身。

2011.3.29

那一夜不多

　　我想我会更加真实些，可我却分不清了，分不清我将做的是对还是错，因为我即会为此失去信仰，已经很久没有信仰了。我相信的只是我的良心，是我的问心无愧，所以我要写出来。我只是一个普通的人，从来不想把自己封起来而更觉神秘，那样的一生会让我觉得每天都更短暂，所以我必须得坦诚，也一定要坦诚，不求会有谁来谅解。

　　这是我试探了许久以后，在错觉中重现出的一点苦涩，其实是很美好的东西，来自身体，来自虚无。我想很多人都有过，在这个季节，在这个年龄，你我欣羡而又惧怕，像一碰就会凋零的花，每一次都要贴得好紧，吻得窒息。

　　或意念，或现实，我早已看清，那真真假假。精神的那一国度，你我分明活得好真实，你让我无法呼气，又在半醒半睡中如影相随，岂如梦幻，似如仙境。如果我可以继续亲吻和抚摸，爱与恨也都会一同陷落，在情海里埋葬醉生与梦死的交割。忘情相融，妖娆从一个地界就延伸到了另一个地界。彼此缠绵的一时，或激烈，或抑挫，或柔戏睡海里，或软似雪飞蛾。每一分每一秒的贴身，每一寸肌肤都轻轻地滑过，一般灿烂的情，一般灿烂的人，顷刻间万念俱无，只剩下躯体和神情的忘乎所以，倾倒，倾倒。可能这就是我们闻之色变的性，所以在那个欲仙欲死的边缘处，人真的会好脆弱，至少我是这样的。一夜之间，只是在交换和交换中淡显出美丽，美丽过后，又逃避在背后的灵魂中，深陷，深陷。

　　从一次到一次，又是一夜和另一夜的疯狂。独对这五彩缤纷后的黑色，有时竟会无助和失落。远方，你可在深夜里，也些许知道？

　　突然好想下雨天，在爱过后的春季，找个河畔，望望远方。

2011.3.20

有谁共鸣

我满心欢喜，后来也只是平淡的一角。

以为找你，就可以在这恬静里让日子过得更好些；以为有你，这些孤独会淡淡远去。我一路低声吟唱，只想有个人可以听见，一路轻轻走过，不全是泪水，还有我的心情。当一颗心灵在游走时，孤寂便无处不在。总想想能找一个知心的人解开苦闷，或只是如平常的闲言碎语，都是好让人舒心的。总想想那样的人在多年前似曾有过，今天却不在了。一个人散步，也只得一个人散步。

情人谷的水亦清清，如有谁共鸣的意境。

其实我不该找你的，或是什么都不必做，那种静静的感觉才能更深入骨髓。一个人的世界一旦被打破，想忘却的如原先那般完美，已是很不称心了，而刻意地去营造，去拼凑，也只是我多情的幻想罢了。两个人的心境有了拐角处，欣欣然地相信，那拐角后的天空会更高更蓝，现在倒不觉如此了。你放眼看到的那片天空，同时也藏在我的眼里，只是怀着不同的心境，我不说，你便不知。

　　每个人都应有他或她的故事，每个人也都有自己要走的一段深深的巷子。想结伴或想孤立都是很难下决定的：这一刻你以为你找对了人，以为是一个准确无误的答案，以为这颗小小的心可以再无疲惫地静静躺下，以为从此一生会倾其所有地对待。但是下一刻，也可能是几年后又从湖边散步走过，你想到的那个人、那个影子都早已不在了，尽管你只是想重温一下那共鸣的感觉，心灵与心灵的相撞，并不需要多么强烈，可以感知便是幸运的，可那感觉真的没有了，如今我从湖边走过，停下脚步想想那一刻，是很失落的。

　　可能是太累了。自己喜爱的是一种怎样的生活，也越来越不清楚了。也许一直以来都是不清楚的，只是原先的那段美好曾不小心欺骗了自己，现在才回过神来。每当这种神情在脑海中浮现时，我就感到整个心特累，特疲惫，也特害怕。如果一天你也发现，自己刻意安排的生活，在多年后的一个下午竟显得如此平庸，等来的不是天堂，不是地狱，而是一片寂无声息的荒凉，换种角度想想，那种伤害是多么的可笑啊。可漫步中的所想就是这样，一点也不假，一点也不虚构。我毫无夸大其词，只是一个人散步。在白天的寂静里，走走停停。

转眼之间，失落和欢喜全都没有了，水亦清清，有谁共鸣。仓央嘉措说："你见，或者不见，我就在这里，不悲，不喜。"我不知道这句话说出来，是一种大度还是深深孤独后的自我安慰，可惜我没有那种超凡的心地。我仅仅是个普通人，懂得悲喜交加后，所剩的只是简简单单的平淡，人生也是这样，这样也不悲观。我喜欢哥哥，全凭一种心灵的依靠。从那以后，我知道世上有这样一个人来过，并且这个人很不一般，仅此而已。

2011.2.5

忘却与纪念

我好像又在深思，在枯坐，我想到了一些东西，想了好久才觉得那是一种"纪念"。

这几晚从家教到学校，我都是从火车站转车的，一路上差不多花去我一个小时，在公交车上，我总是随心去想一些事来打发时间，可在脑子里浮起最多的，又是儿时的旧事，说不清是什么原因。儿时是人生里极美好的一段，我常这样想，所以我也常不由地去回忆。常去注意身边的影子，可是这种注意越去深入，让我越发感到一种不安和难过。

记得第一次家教回来路过学校西门口时，有一对老夫妇，可能有七十多了，老汉大约是个瞎子，抖缩地拉着嘶哑的二胡，妇人一手牵着老伴，一手伸着钵在乞讨，两个都很消瘦，脸上布满皱纹，可以显眼地看见。老妇人一直专注着我，但那眼里却没有露出一丝乞求，只是专注地望着我，那眼神给我的感觉，不像是在乞讨，倒像是在回想一段往事，深深地专注我很久。我从口袋里摸出一元硬币放进钵里，她摇了摇钵，又专注地看着我，我以为她会开心，结果我知道自己错了。她眼神变得很安详，很平静，微微地笑了一下，眨了一下眼，又使劲地弯了一下身子，示意对我的感谢。等她抬起头时，我分明看到她眼里的混浊，那种混浊像是我去世的奶奶也曾有过的，很亲切，很让人心痛。随即我又掏出了五元，放进钵里，转身就走。没有多留意，也不敢多留，怕多留一刻便是对他们的伤害。一路上我都在想，他们是不是也有自己的儿女，他们是不是也有自己儿时的一段让人难忘的回忆，为何要如此凄冷呢？他们也有过儿时的，也年轻过，我知道每个人都有过的，可为何，为何他们会在冬天里到处磕磕绊绊，磕磕绊绊他们的余生啊！我想不出任何一种理由来平复心里的苦，好像又突然地找回了一种纪念，只是一个人一路上去回味那种拾起的纪念，像是见着一个蹲在村前无家可归的孩子，一样的心疼难过又束手无助。

在火车站，我注意了很多人，比如抱在怀里的小孩，比如上班归家的女子，比如时尚的理发师，比如背个大包到处翻垃圾的老头……

我总是想问自己，他们的父母在哪里，他们的孩子在哪里，他们都在忙什么，而我又在忙什么。一直以为自己在追求一种别样的生活，换个角度想想即有几分愧意。以为是艺术，以为是生活，现在所想的却还不如那一对夫妇理会的深切。我不禁有种想哭的感觉，以为生活若即如此，算不算是可惜；生命既是这样，为何要去怜惜。希望的和美好的，只是一线之隔罢了。要绕开这一线之隔又花掉了多少年月，多少心酸，可你真正的越过了又是如何，苦不苦，真正面对时，就多了心酸和无奈。

　　前些天厦门是极冷的，可是在我家教回来的路上，遇着了两个女人，她俩手勾手，穿的是超短裙和丝袜，正从莲花路口走过。我叫她们为女人，因为她们看起来足不可以用女孩称呼，用女子称呼她们除了年龄相称外，衣着打扮又是不适合的。只到昨晚我去家教的路上，又正好遇着，只是各自换了衣服，不过依然是超短裙和丝袜，昨天的厦门也是极冷的，特别在户外。说不清是什么原因，她们给我留下了很深的印象，且一遍遍在脑中回起。那感觉，就像是学校西门外的那一对夫妇，就像火车站挤挤攘攘的人群，就像是一段我没有经历过的生活，我没有走过的路。

　　我突然感觉一种"纪念"在流失，一分一秒的，虽然也拾起了一种"纪念"，但心里却更空了。记得一句话说，太阳和死亡，很多人不敢去正视，现在我也正如此。一种追求在破灭了，如同我那晚梦见的那只自杀的秃鹰。直到它决心勇敢地飞翔时，仍不知下一刻会在哪里落脚，而眼前所呈现的，很可能就是接下来的每一分每一秒的遭遇。

我想，命运从来不会轻易让人拿去折服的，即便你看到了黑夜是如何的可怕，看到了一幕幕的悲情在世间来来回回地重复，当然你还会看到很多很多，甚至与自己无关紧要的戏剧人生，但事后你会渐渐深知，生命也是不许人们拿来嘻笑和攀玩的，可以光辉也可以黑暗，对它而言，责难全是不知情的，只有你自己去经历，才会更加了解生命赋予一个人的意义。

为了这些，我深思枯坐了许久，现在想想也是没有必要的，只好把这些草草记下，当作一种莫名的"纪念"。

2010.12.18

自杀者之恋

昨晚我做了一个梦，梦见一片海，海上凸起了一个岛屿。其实不算是个岛屿，因为它是个很小很高很陡的山，山上就住着一只秃鹰，就一只秃鹰。

我见着那只鹰时，它已经很消瘦了，整天就待在山顶上。那个山顶就像它的一个城堡，可惜已没有了城堡的意义，我也分不清那个城堡可以保护它多少，可以给它多少。或许与保护也已无关了，因为那个岛上就住着它一个，高高的山，陡陡的，从一开始就成了它的一个寄托，一个虚空的精神寄托。

整天，它都傲立在山的最高处，四处张望，海的尽头还是一片海，天的尽头也还是一片海，海天相接，只让它感到更加的孤独和害怕。每日每夜，展眼所有，云云寥寥，茫茫一片，不分西东。我看见它那期待中的眼神，藏有万般可怜，有时它也会选中一个方向，凝视许久，许久，许久，不过那眼神又是出奇的混浊，还不如它低头俯视下的那片海水清澈。就这样，眼里再没有了一点点快乐，积攒的岁月和活力全变成了忧郁。忧郁中满是忧伤。日复一日地所有，日复一日地期盼，日复一日地寻找，只让它日复一日地孤独和害怕，日复一日，深邃，犀利，紧逼着，追赶着。

可它为什么会在这个孤岛上，谁也说不清，原本喜爱的那一隅，现已全部成了它的所有。所有的等待，只是在原点为自己归圈墓地；所有的希冀，也只是破灭后颓废出的美丽。这次它决定远行，飞过沧海，飞过白云和蓝天。它想知道天的那边究竟是什么，它想知道海的那边究竟是什么，它想知道自己为什么会寄托在一种孤独上，它想弄明白这个世界之外，还有没有另外一种生活的姿态，哪怕是同样的期盼和无助，哪怕是同样的安逸和无奈。

我梦见那只鹰，它好傻，它明知那是不可能的，再没有谁比它更了解了，那沧海外的景色，如今成了它眼神下沉淀的一种忧伤。这片沧海的空阔，这无际的缥缈，这茫茫然的无助，其实它所向往的，也只是一种骄傲的自杀罢了；它所争取的，所给自己施加的，也只是空虚外的空虚，梦幻重生的梦幻，孤独之中的孤独。到后来，连心灵一点也不会留下，连同它以前的美好的希冀也会消去，从此沉在看不见的苍空中，全全片刻地消失了，在它决定远行的一刹。

可我分明看见，它在苍茫中骄傲地飞着，孤独地飞着，自豪地飞着，从此再也不能停下了，再也不能了，再也不能了。那片海中只有那一处岛屿，也只有那一处可以寄托，只有那一处才是它的本命，只有那一处是它最初的精神起点。

那是一只消瘦了的秃鹰啊，一只满眼忧郁的秃鹰，一只坚强固执而又迷茫无助的秃鹰，在海上展翅飞翔着，飞着，飞着，从此再也不可能停下来了。我知道它原本有一个家，那里有它的一片洁净的天空，有很蓝的海，有很白的云，有满夜的星星，有相依的月儿。如今那里的一切依旧，那里的一切都在为它作证，作证它可以飞过沧海，飞过沧海，飞过沧海，飞过，沧海……

每日每夜，我都会见着那只秃鹰，那只孤独的秃鹰，朝着同一个方向，飞呀，飞呀。丝毫没有带走，丝毫也没有留下，只是骄傲地飞着，孤独地飞着，自豪地飞着，永远也不能停下来了，不可能了。这一刻，它所拥有的，只是四处张望，眼前茫茫一片……

我从梦中醒来，四处张望，眼前茫茫一片。

2010.12.2

心灵的补缺

　　我的世界只有两样让我珍惜，一个是心灵，一个是生活。我爱的人有两个时刻让我挂念，一个是我的亲人，一个是我的朋友。

　　我会一直追寻，追寻我渴望的。我知道有些东西与我无缘，比如发生在你身上的事，比如你的所想，比如你哭泣时的痛，比如你此刻的种种，我都竭尽全力地想去拥有，想去了解，可是我达不到，也无法全部地理解你的酸楚，无法全部地成全我自己。

　　有时我好恨，恨每个人都有自己的故事，恨每个人不能全全地快乐和开心，恨造物主的玩弄，恨命运总是突如其来的偶然，恨该失去的一刻也不能多留，该拥有的又让人感到异常的短暂，恨自己傻子气地无助。或许你以为这是常例，这是应该的，几千年都没有变过，可这本来就是绝对不公平的，这也是我想颠覆的。我又在想，是不是这就是生活，可是我不信，因为我总觉得这些还不够完美，总是以为还有很多地方需要去补缺，还有很多潜在的东西被人们淡忘了，很多东西被人们刻意地加重了色彩，变了模样。

2010.11.28

旅游所想

我突然想跑遍全国各地。

不是为了旅游，只是为了见到想见的人。

每多认识一个亲，或是一个普通的人，更或是一面之缘的不知姓名的人，我都觉得又多了一份情，这份情好像是上天早就安排好的，不增不减，一下子就定格在那儿了，所以我总是想去见每一个人，又像是在掉头往回走，有时真的希望，希望那天见了每一个人后就离开这个世界，从此不再有快乐和伤痛了，那样也好吧，也算是活过一生。

一千个人都会有一千个活法，我却在不断地变换演出着。在交替中丢下失意和快乐的那些记忆，只是平淡地过着日子，以为这样平淡的人很富有，这样平静的心很高贵，这样的人生还会有人希望着，重复着。

是一个梦吧，夜醒天明，还有几多人愿意这样的相衬，还有几多人在欺骗着自己。我好真实，特别是情感，越来越多，在内心弥散成一个世界。

愿你决定

我常想，眼泪从不是懦弱的，也从不是逃避的，每当真情在时，容不得我不掉下眼泪，为此，我有时常感到眼睛累，而又是极真切的。

一个人在宿舍时，我就把帘子挂得老高，打开音乐，看书。软软的阳光从窗外透进来，晒在身上，暖暖的，这感觉好像在哪里有过，又是淡淡的，很精致很细腻。突然间，我想就这样地老去，不要问为什么，也不管会发生什么，一切将会更好些。我常发现，美在一刻间是极让人喜爱的，可是下一刻，你就不知道她躲到哪里了。有的人，有的事，你越是刻意去寻找，她越是如梦一样，羁绊着你，纠缠着你，又让你永远抓不住。等你清醒时，这些人，这些事，又全不存在了，恍如烟云，一无是处。像一个人的感情，总是极难让人捉摸的，如有心灵共鸣者，见她一颦一笑，还可略晓一二，其余的便不用多说了。

　　这一刻若老去，太阳就不会下山，冬天就不会到来，你也就再也认不出我了，不要怜惜，无所谓挂念，也无所谓愁苦。不管再有多少美丽从身边划过，我也不会再认输，也不会一个人细说，全当是一次次美丽的邂逅，转瞬就要忘却的。就算你多给她几分思念，多给她几秒企盼，她也不会回头，一路走来，这一刻就老了。

　　音乐中《愿你决定》，可你不知，这一刻已经老了。像一双布满皱纹的手和一脸须须的胡茬子，像这首歌突然没有了声音，像这暖暖的阳光消去了，换来阴沉沉的天，这些都是很真情的，已经老去了的，可是你竟不知。

　　好几年了，点点滴滴，连忘却也变得艰辛，一直都为了寻求一种超脱和艺术，到现在竟忘了把以前对别人的恨，藏在了什么地方，有时真想把以前私藏的全部拿出来，填补心灵上的一块儿空白，可是现在找不到了，我想这不是忘记了，而是弄丢了，也可能是真的老了。

　　我想，一个人有一颗清澈的心，眼泪也会是极清澈的，这种清澈里面，一定可以倒映出，一生中稍纵即逝的美丽，内心是很难让人看清的，真情在时，又何来懦弱，何需逃避呢？

2010.11.25

年轻的样子

年轻的样子，真的好苦。

我们都说自己还年轻，都爱说自己贪恋年轻，好像在我们开始懂得了拿年轻来面对身边的挫折之前，我们就已经悄悄地知道了，知道了如何善意地伪装自己，知道了如何以让别人信服的方式来给自己涂画一片天空，可是在这样的天空里，你飞不高，真的飞不高。

很久以前我明白了这个道理，所以在一些人眼中，我总有几分孤傲（这是朋友亲口说的），可我活得很真实，又很累，凭借这人性的灵，我走了好长的一程路，总是天真，总是幻想，总仿佛在另一个世界。

每个疲惫的日子，我都是轻轻地拨开了云，才见到自己的一片晴。不是心药，也不是心病。我没做过坏事，为何苦了自己。

我相信，也有人会知道这些，也有人会明白这个世理，也有人早就脱掉了善意的伪装，也有人已经很老了，还说自己正年轻。

　　　　　　　　　　　　　　　　　　　写于北京

三言两语

　　对我来说，把红尘看破早已不是件难事，可那众多的不舍只是希望能看更多的人幸福：我的家人，我的朋友，我爱的人，还有那些素不相识的人，或是日复一日在街头扫垃圾的本性憨厚的老汉，或是一个又一个步履蹒跚的老人，或是还单纯的嘻嘻哈哈的孩子，或是千百对为了子女而奔波的父母……

　　一生如此短暂啊！我又常在半夜里醒来，当我意识到脸上额头上早已有些皱纹时，才知道自己早已长大，孩子的我只是代表着一个孩子的心，平常的嬉笑再也装敛不了了，我几近疯狂的心啊！我一直在寻求生命的意义，从敬畏到热爱，生命是如此的真诚，可善待它的人却又只在少数。我只是在不停地苦恼，苦恼我爱的人的不幸，苦恼快乐的人没有真正的快乐，苦恼一些错卖良知的人，苦恼这一生的仓促……

　　啊！何不珍惜啊，所有的人们，每每至此，我总恨不得让人的一生本就更仓促些，更仓促些罢了！

2010.1.31

绚烂与悲哀

假如时间在历史的长河里是均质且等效的，那么任何一种文明的诞生和发展都必然将顺应历史的发展方向，但它却在一定程度上阻碍了人类直接达到意识文明的步伐，有的更可能落后于它所在的那个年代的历史发展。

在依附时间而真实存在的实物中，假如没有历史的整体滞后效应，那么任何企图加快历史发展的方式都是无用的，因为在时间轴上找不到捷径。

人类可以以历史的一种或几种形式来达到未来文明的一个高点，但任何一种形式的发展都将滞后于历史本身的发展。

思想影响着发展，也反映了一个特定历史点的文明，也会在紧缩或爆破的时候产生新的文明。

不枉此生的人对生活都有着自己的享受方式，都能切身感受到生之绚烂与悲哀同在。生源于生，忠于生，易于沧桑，难乎苍苍，生所为生，无以强求。

2010.1.1

想想这一程

想想这一程，总是感到自己还太年轻，真的不懂或是不全懂。一本书，看得太仔细，领会得太深，也就有了太多的苦恼，但愿以后回想起来都是些高尚的。

一直都觉得人不单独是一个人，有一种力量在支配着我自己，有一种信念在催使着我自己。了解和领悟的，多是些无聊的更多是不为人提的东西，应该可以这么说，因为我很少见别人提起过。阅历也不过是回头路和前途的所观，可我自己总还是在走着，走着的。活着的是一个思想，是一些很难解答的东西，诸多的幸或不幸在我看来早已没什么价值，不过一些外界的影子却悄然让人有些灰暗，不知不觉中安静地悔恨着，一次又一次地鼓励着自己的那份孤独，想把它壮大，可清晨醒来，窗外除了多落了几滴露水外，别无其他。这样的事情偏偏要发生在我身上，想想是很让人难过的。

可能很多人都会在情感和理性的挣扎中渴望释放，渴望自己给自己自由，让一颗颗禁锢的心重生，获救，真正地躲在某一个模式化思维的鸟巢里，实难感知外界的风雨，纵然有他或她引领，略略索性探出头来，还不曾让羽翼披上生命的色彩，就无形中挨了世俗教条的棒子，所以我常见人怪里怪气，越在我沉寂的时候就越觉得人怪，觉得这个世界怪，可不知我自己甚怪。

我没曾老去过，但不知，老去后会不会想起一些孩提时的问题，会不会为现在的我犯傻。哎，就算是犯傻也没有什么的，这是无法改变的，多少人都愿意去牺牲，当真正地去牺牲了，对自己而言，倒是无悔的，教化不了人，也改变不了人，这又不是一个人所能左右的。想到这，便又想刻意地为那些已去的人搬出些安慰的话来。是的，全身心地去奉献，去牺牲，也是一件很光荣的事啊！

若真的打这里走过，在这里活过，百年已多，来过就已足够了。

这一程，有时你会很无聊地抱怨到，一天天地走着，几十年的光景，好长；我又时常会注意到，含着烟斗满脸皱纹的老人，看着自己的孙子，这几十年恍如拂袖而去的烟云，好短。"云在，君不知；云去，君其中。"那是多大的一种悲哀啊！

在矛盾中，我总是很难找到发泄的堤口，只憨笑世间竟会如此地来愚弄人，我也知道很多人在憨笑着我，是我无知？还是？知或不知容他人去说吧！我想，我应该还是清醒的。

2009.4.8

女子，请别哭泣

我是做好了准备的，是很久都隐藏在心里的……

我的无奈和愧疚，连同无数次的惋惜和回忆，一起朝我撞来，我是不会躲的，不怕的，什么也不怕的。这种心思深藏在我心里已经很久了。如果从我懂事的时候算起，大概也有十多年了。至于懂事，倒有许多种说法，不如说是懂得了去体验美来得贴切、恰当。

十多年了，十多年过去了，脑海中浮现的片片印象，都是萧条和天真的。

天真，我固然还保留着，因为以前的几次失误，走出灵魂的乐园，一个人做着许多可爱的游戏，尝试着将童真抛去，真正地接待成熟的客人，不料满间屋子烟云浓重，我捂鼻含泪而逃，事后又悔恨自己过于鲁莽。至于萧条，可以说是我（这一生）到现在已有的财富，也将会是我翘首时的温床。当然，我更渴望一种趋近于自然的生活，渴望一种真实的美，渴望这一生的日子尽是萧条的！外在的东西，更多时候都不是我所向往的。不是我不爱艳花，不爱骄阳，我总是以最悲观的眼力来审视我周围的一切，来逼近我的生命，来充实几度温馨后的空虚。

我不安舒适！

花易谢，苍老全在我儿时的预料中毕露原形。我的天是个阴雨天，可我的心是炽热的！对生命的忠诚，对美的渴望，促使着我到萧条中去探寻美的所在。恐怕这也是我浪费光阴的方式，我也情愿去挥霍，在午后去散步，更情愿在夕阳的抚慰下独坐，想所想，思所思。身边经历的每件事，善待过的每个人，甚至一些极其无关紧要的东西，都可以在毫无逻辑的情况下编织成一个自己的世界。心灵的道路，很多时候因为孤独才显得更加深邃，更有诱惑力。那花儿和草儿背后，就是我的住所，远远的，是只有我自己看得见的一幢房子，没有风吹，没有雨打，别人也没有来做过客，我猜他们是不愿，更不屑来这偏僻角落的。我也只是在萧条的一刻而引此为荣，不露声色地躲进小小的屋子里，在窗口欣赏门外一个又一个过客，那时便习惯悲哀地称自己是守望者。

啊！现在夕阳又落，随同着一个女子的哭泣全落到山的那边去了，我也终于知道自己当初爱在湖边独坐的理由了。

　　一道道柔和的光在湖水中闪烁，挑动着我沉思的梦。粼粼片片的光，似女子的缕缕衣裙，给这裸露的湖水当作了嫁衣，我还是很渴望自己会是她的新郎。

　　她在为谁哭泣？飘逸的长发搭在她消瘦的肩上，任风吹着，她是在哭泣，我听到了声音。可她在为谁哭泣，是不是我偷走了她的嫁衣。哎，我知道又是我的天真在害病，是这片片余晖。

　　我知道又是我的天真在害病，是这片片余晖。

2009.3.21

我是自己的了

好想哭，不知道为什么。

我真的不坚强，容易受伤，难适应人群，更看不惯那些溜须拍马的人。为什么我竟会如此脆弱，外界似有狂风将我吹得立根不住。只想去做个普通人，如今想想，自己一而再，再而三地责备自己，找自己出气，本来什么都可以不怕的，本来就赋予我这个不肯轻易折腰的天性，遇到来不及处防的事情会去硬顶，却又脆如玻璃。

真的想，想一个人去看海，远望天边的雾色；想一个人坐在湖边的草坪上；想抱着山，拦着云，哭。说不出是什么原因，其实就没有什么原因，一个人，静静地，静静地就哭了。

想得多了，心就越来越沉；想得深了，就越对以前，对眼前恍而一过的人有些愤懑。可他们都没错，他们是这样觉得的。倘若他们真的有了错，那也是他们自己的事啊！我，一个局外人，又算得了什么。于是，我常克制自己不再去想，让那已失去的，眼前正拥有的，都随风而去。也常常替他们祈祷，若能被时间记住，那真算得上是他们的幸运。可他还是他，我还是我，相处过也只能留下记忆，影响不了我，改变不了我。

每每想起一个人孤独时的身影，心里倒泛起了几分慰藉。自己拿自己出气，泪过后，自己又给自己以安慰。

啊！俨然我是自己的了，自己经营着一种活着的方式，有着一颗活着的心，我是自己的人了。我是自己的人了。

2008.11.25　晚

我莫名地苦恼了

　　你的不经意竟把我深深地嵌在了青春的泥土里，而如今的我，在独自品味那段美好的时光时，才发现青涩的年代里早已有了足迹。

　　只想去做个不显露山水的儒夫子，只想寻个清静的你去倾诉，可你走了。你走了，我莫名地苦恼了，没有解释，没有理由，平淡的一切恍如多余的掩盖，累赘的心更沉了，原本晴朗的一片天空偶又飘来一块儿云，虽是昨日白白的纯，却在我心里照下斑驳的影子。

　　我已没有心思再畅想，也没有情思再纠缠，多么可怜的一个我，本自可倒清静了，转眼又累了许多，话不成语，泣不成声，也只好苟言践行，在这车马横流之中，暂充个串客，且不管你待我如何！

2008.10.30

花开的声音

是云儿托着月儿的手
是遮颜的含羞
是湖边的风
是人愁

是山外丝丝的笛声
是落叶片片的晚秋
是谁在撅着步子
泥土舍不得走

是你啊
为何吹痛我的梦
就允我那样醉着　岂不舒服

清晨，我听到了花开的声音。

我躲在一个小小的房间里，规划我自己的小园地。这里曾开过无数次花，随之又凋落了无数次。无数次的凋零，无数次的开放。每次在那飘落的一瞬，我感到自己在生与死之间慢慢地长大，慢慢地成熟。终究是自己的一块小小的天，小小的地，奈何不对它善些呢。汶汶之世，谁都为之无助。我亦是其中懦弱的一个，蜷缩在别人看不见的阴暗的角落，种下一颗又一颗花的种子，也不敢企盼哪一颗会在初春里侥幸发芽。

啊，我是在敷衍，敷衍这汶汶之世，还是敷衍我自己？我的花啊！你究竟为谁开？！是他？是她？还是它？你究竟回答一句，你无语的含苞的花蕾裹得我好难受，好窒息。我的思念，我的愁绪，都在你开放的一刻散了，弥漫了一份不属于自己的回忆。是谁会来看风景，还有谁会来找寻花的影子，一天花再开放，不知这个园地是粪溷还是坠茵。啊，我不知，茫茫广宇，我又何曾为人所知！企求什么，渴盼什么，别人的花园会是怎样的一番景致？！也曾容自己做个偷借世俗的贼，搜寻这时代的园丁的艺术。在污泥中开的花儿啊，你们又怎会笑呢，还笑得不知自己是朵花！

我拿起了剪子，修整着自己多余的枝条。

没有了遮掩，没有了阴影，仅仅瘦成了一朵孤傲的花。

不会再有人怜，也不会再有人恨吧。我不稀罕，又怎能不稀罕！

笑着开放了，又寂寂地谢了，你看见了吗？回头顾恋春意盎然时的舞姿，是招惹？是浮夸？是多少少女沉醉的一幅画啊！石榴裙下败坏了你的娇艳，被误以为长了一张多情的脸，断然成了拒之于门外的流氓的苗子，孤苦却无处申冤，是我眼中盈住了你的哭声，是我一年四季未曾断续的花儿和嫩芽做了见证！你又跪在花下，我无语回答。

"举世随风靡　独吾益苍翠。"

可惜世人太俗，只晓得唇上的胭脂，一个个都懒得去考究去深思。疯过，亦静过，随风飘晃过，也曾孤立地一整夜无睡意。浮浮沉沉中笑过，哭过，记得笑的时候还是多的，这也难免让一些看客失望了几分，也曾在飘忽不定中，一度孤傲，做过政客的宠儿，又幸之把根深深地扎进心里，事与愿违，未深入泥淖，到如今颓废狼狈相，不堪一提，以此作罢。

风吹不散他们的"消极"，却吹涌起了他们的"太积极"。他们是他们的，独自喜好着自己。

是一枚冷箭，是一糟矛盾。决心要把自己如花儿一样开放，去将自己内心未湮灭的情更放肆些，放肆得让一个个安静的夜都无法去接受。

"轻之众人之所重　又重之众人之所轻"，终于"放荡"了，终于有了"声响"，是花儿开放的声音，蠕蠕地惊动了一片又一片的漆黑。天亮，和梦中一样，我看见了一片花的海洋，也第一次听到了花开的声音。

　　天亮，和梦中一样，我看见了一片花的海洋，也第一次听到了花开的声音。

2008.7.21

不知道的禁区

　　这些天却不知道自己在想些什么，心里乱糟糟的，说不出那种感觉，好久没有的感觉，好像自己又做错了什么。

　　或许真的错了，怎么去挽救，怎么去填补那以后的空缺，怎么去给自己找条路走，总是那般的羞涩，那般不为人知。

　　我什么都不想去想，可又不得不想。自己本没有浑浑噩噩地过着，可又活得一文不值。就这样走了，留下的也只是脚印，踏过的和未踏过的，都已成了影。他们来过这里，是我嗅到了他们的气息，嗅到了这片土地和远处他们干瘪的废墟。我总不想这样规矩地走着，规矩里留不下自己太多的足迹，又不敢越轨，怕滑到沦落的禁区。

2008.4.9

但愿我感觉错了

　　有时总是为一些不关自己的事所困惑，不知怎么去抚平。这周末是快乐的，我们去了海边，是骑自行车去的，还带了些吃的东西。

　　提起前些天，心里就空缺着。最后的几次闲逛让我走了神，不知道是哪根线短了路还是社会有意捉弄我们。一个个天真可爱的脸像是被社会给没收了，从容笑意的背后都隐藏着不可言明的苦涩。当然我将这种罪归于社会，是我太自私还是我天真地什么都不懂，都不想去懂，不愿去猜测别人在想些什么，不愿看到我在乎的人受到委屈和伤害。他们难受着，我便随着难受着。没有心情去恐吓，没有勇气去述说，怕是最后连仅有的那点挽救心灵的希望也断绝了。

　　我从不相信虚伪能使一个人变得多聪明，只担心他们会越走越深。

　　什么人际交往的秘密，什么阿谀奉承的益处，我只能断定那是种不足道的羞耻。真的不希望一个很有心计的人能做自己的朋友，城府深只会活在别人眼中更结实些。以前我亲眼见证过如此，是我的一个朋友，是我预先料到的，也是后来被朋友饭后当作谈资所证实的。可，现在我又有了那种感觉，也是那种同样的感觉。

　　但愿我感觉错了。

　　想想身边有的事还真是俗得可爱！空洞而又无聊的玩笑，无意识自我作践的瞎吆喝，还有那一文不值的马屁——所有我厌烦的这些——赚来的不过是潜意识的私欲。但，若不伤及无辜，我也倒没必要为别人苦心经营的那一点薄力作再三评论，毕竟"人是自私的，一定程度上我们都因此而罩上了虚伪的影子"，以前我是不信这句话的，现在仍将信将疑。当我开始蒙眬，开始糊涂时，常独自一个人庆幸。庆幸我比那些无聊的笨蛋要低一等，聪明的全是傻子，糊涂了才是智者。

　　社会是要那些"聪明"人的，聪明是搭上"欢声笑语"的车票，是告别天真纯情的指示牌。可为何"高尚是高尚者的墓志铭，卑鄙是卑鄙者的通行证"！为何杂七杂八的交际书中推行的人际关系竟是圆滑，是处事，是斗心机！

不知什么力量又将我推到了来的地方，催使着我在这个肮脏的社会里寻找原本的基点。

我爱在空旷无人的街道上飞驰，低着头，闭着眼，任自行车滑着它要去的方向，直觉支配着我的每条神经，不怕摔倒。我心里很清楚自己的位置，亦很清楚自己道路的方向。茫茫然，好像独乘小舟漂到了向往的彼岸，在彼岸傻笑对面庸俗无知的他们，自愿关在社会的笼子里拥挤得喘不过气来的他们！傻笑着，傻笑着，看到钢轨上的他，还有他的诗集。

啊，怎么浑身痛着？我睁开眼睛，摇摇头，不是梦，是自行车撞到了电线杆上。

2008.6.22

汶川地震，无题

　　当灾难降临的时候，当看到生命垂危于眼前的那一刻，我们没有任何理由不摊出自己的一片爱心，去温暖那即将凋零的花朵，因为我们还活着。

　　都好好地活着，一个个都好好地活着！忽忆起在日记里写过的一句话：活着就是一种幸福。那时年幼，常爱寻章摘句苦觅生的意义，而如今地震震于眼前，穆然对生命产生了由衷的敬畏，是在心灵的某个角落碰撞过的。

　　对于一个简单而又脆弱的生命，大自然中的我们是等同的，是没有国界的！

　　一个个活生生的生灵在惊惶中离开了，离开了我们，离开了这个生他养他的世界。泪水盈满了眼眶，我手心里捏了一把汗，不知是生命的呼唤，还是心灵的自我解剖，这个让人无奈的社会，让心灵趋于功名，趋于人情味的大杂烩，所有的所有在生命旦夕的一刻都显得那么的微不足道，辉煌的，失落的，种种曲折的情感也都在那一刻，被划成了两半，一半融在泪水里，一半搁在我的心口上。

我们没有理由不活下去，没有理由不坚强地活下去，是对你生的意义，也是对所有关爱你的人负责。心灵上一道小小的伤疤都是外界所不能抚平的。你就是你，因为世界上只有一个你。心还活着，就托着躯体光荣地活下去。若一天被我撞见悬崖上待以自尽的你，我才不管三七二十一，非立马撸起袖子，揍你狗日的一顿不可！

2008.5.24

糊涂了，才是聪明的

是什么让我如此的痴狂，如此坚定着模糊的信仰。

真不敢相信，先前的我竟如此懦弱，找不到一个能容纳我躲避的角落，于是想过走，想过离开。

那是许久以前的事了，上苍把我们安排在了不同的世界，真不知就那样走了，你是否会落泪，可幸运的是我还是我，终究没那样离开。也是从那以后，我清楚了一个道理，活着就是一种幸福。因为还活着，因为还有自己，或许等等就会长大，或许等等海子就会找到一条更好的路。

是什么让我如此的痴狂，如此坚定着模糊的信仰，活着却是一种漂流的味道，似水中紧紧抓住的浮萍，似在一种阴影下，总感觉像是被什么牵住了，丝毫不能动弹。又是花谢花开，又是枯败的柳枝上重生出嫩芽，而我，却依旧躲在自己的水中，去寻找那个爱你的梦。是该柳败花残，

是该仍皱纹爬满脸，是该藏起那些无聊的往事，是该忘记
自己是个谁，糊涂了，才是聪明的。困惑着，迷茫着，觅
着你花香的气息，觅着我心爱的东西。怕，怕是无声地转
身走开，怕是雨来香落水浮萍，怕是风过叶飘满涟漪，怕
是没有了机会，怕是痴情人发呆时独嚼着相思话，怕是骗
子得意时的一场幽梦语。怕了，究竟这一生还得欠下几个
罪，究竟这一生还得怕上几回！怕是哪一天走了，散了，
各分东西，怕是痛了，怕是想起难受着，仍天是天，仍地
是地，在路上，我们把心耽搁着，误了灵魂深处的快捷方式。
多余的只是气话，哭了，眼里淌着你的泪花。

5.9

待春花谢去

待春花谢去，怕是无人再理会它的尘香，而我却总爱在碾作尘的香土中独处，细细咀嚼那失去的滋味。真的有破碎的美丽那种说法吗？残缺是种美，破碎也是种美，那些失去的，黯淡的，远去的，已逝的，难道都是种美吗？

把童年丢在脑子里，去感受青年人的朦胧，有时感觉自己长大了，可怎么也忘不了过去，非但忘不了，它像是远了暗了的暮霭，又像是追忆着的天堂，时时在脑子里浮现。

怕也只是大了才知道珍惜，如同手揣着的糖果，舍不得吃便成了蜜。

记得黄昏的暮色中，我牵着你的手走过了流水人家的小桥，后来你的花开了，开在我的心中。

啊！这个世界太大了，我不知道自己在哪里，我发现这里充满了外在的肮脏，已经少有心灵深处的美。真的，

138

我不想让心灵的空间被杂草荒芜，但是在这个浑浊的社会里，我办不到！

可能的话让我做一个社会的悲哀，或许历史会记住这个悲哀！

为了生存，我煎熬地活着，夜夜聆听心灵的对话，反省自思，深痛自己背叛了良心！

太离奇了，在这个浑浊的社会里，很多人竟糊涂地把自己的灵魂给出卖了！

他们有的人骂我是愚人，说我杞人忧天，庸人自扰，真的吗？上帝给了我们同样的资本，而我却用它来看护心灵的窗口，不让肮脏的气息渗透我灵魂的深处，我认为我活得值得！

梦一般的日子，流水似的痛，痛并快乐着！

　　　　　　　　　　　　　2007 年　雨帘午夜

家

　　我是一个多情的人，多情只会让自己更觉凄苦。为此，生活中总是有种种不顺，可能每个人都会有如此的感慨，这也是很正常的。

　　一个天真可爱的人，一颗无痴无瑕的心，一朵不会凋零的花，一泊永远清新的水！那就是我，一份真情，一个影子，一个自己的影子。

一切都还是暖暖的，那种暖暖的感觉，我的亲人，我的朋友。

想家（一）

我想家。

家里是不是还如我印象中的一样，花还开在门前的葡萄树旁，白杨树还是大大的叶子，猫儿还会躺在砖上晒太阳。一切都还是暖暖的，那种暖暖的感觉，我的亲人，我的朋友。是吗？请告诉我好不？

今天又是重阳节，是个老人的节日。说实话我们家乡是没有这个节日的，可是每年这个时节，我都觉得那是一种家的感觉，逃不掉的。

我想每一个居于外地的朋友都会像我一样的想家吧。

说不出那种感觉，像秋天的叶子黄了，像看不到大雁的南飞，像是没有寒霜的凄冷，像是听到风吹枯枝的惨惨声，一切都是儿时的记忆了。朋友，你可记起我童年的样子，请告诉我好吗？

一个长不大的孩子现在又在思考不想长大的事。我的爱人，我的朋友，现在你们都好吗？

风照旧吹着软软的情调，雨还是那般地淅淅，这里的湖水依然的平静，可藏在水底的我的那颗心，是否还依依的透明？朋友，你可知道，请告诉我好吗？

我是一个多情的人，多情只会让自己更觉凄苦。为此，生活中总是有种种不顺，可能每个人都会有如此的感慨，这也是很正常的。

一个天真可爱的人，一颗无痴无瑕的心，一朵不会凋零的花，一泊永远清新的水！那就是我，一份真情，一个影子，一个自己的影子。

我可能有些忧郁，可我绝不悲观。只因我的追求让这个年纪走到了这般的处境。朋友，在你的眼里，我果真还是我自己那原来的模样？若你记得我的改变，请告诉我好吗？

我还会坚信不疑地走下去，只因这一程的种种，这一程的你一直陪在我的左右，我的朋友，我挚爱的亲人……

我想家。

等秋天冷的时候我就回去。重阳节是个老人的节日，人常说叶落归根，叶子落的时候也是想家的时候。

朋友，你呢？是不是有着同一种心情，笑着，什么都是好的。万不可迷失了回家的路。

2010.10.17

想家（二）

又是秋风的季节，我却看不到一片落叶。

一年没有回家了，像是过了好久。

有时好想树的叶子会黄，像我们家乡一样，可厦门的树不是，至少学校里的树不是。

我记得早上去放牛，还会看见路边草上的露水，亮闪闪的，很耀眼，你要是光着脚，还会有点冷。

我感觉好几年都没有见到树叶黄了，那种大片大片的黄，就像秋天老家桐树的叶子，一片一片很大的，还有路边的杨树。

我记得快冬的时候，家里的树全是没有叶子的，很古怪，很萧条，像是枯死了的。

其实我喜欢树叶黄的感觉，就像叶子正绿时一样，一样的喜欢。

　　还有家里那黄色的土地，很松，很软，一样的
喜欢。

2010.10.6

想家（三）

　　我什么也没有，只是有一点冷，我什么也不想要，只奢求一个小小的怀抱，原本以为流浪是那么伟大，独自跑到海角天涯，回忆才发现，每个瞬间都在思家。

　　是谁让我知道了害怕，是谁让我懂得了牵挂，聚合离散，感情线便在这分分合合中粗了许多，结实了许多。像一丝乡愁，和我站在线的两头，像一曲笛声，勾起放牛娃时的悠闲和自由。想起了童年时那个赤膊的男孩，想起了儿时摸过的那长满了双茧的手，习惯了站在桥边远眺，等待暮色里出现的身影；习惯了去体味那唠叨后的幸福，去回想，去触摸爱的伟大。

　　是闯荡？是流浪？我只想回家。

　　那里——以前是摇着我睡醒的地方，以后也是躺着我睡去的地方——是我的根，我想回家，想回家……

2008.6.16

想家（四）

　　秋来了，总有一种念家的感觉，可是家很远，很远。

　　项目上来来往往的总是那些人，那些农民工：钢筋的，支模的，浇混凝土的；其实还有一些是常常被我们忽略的，那些搞现场文明的杂工。我们项目上杂工是很少的，一个胖胖的女的和一个胖胖的男的，他俩好像是夫妻；还有一个高胖子，应该很有杂工的"经验"，所以做起事来很"悠闲"；除去另外儿个年轻人后，还有一个不高的老头，约四十岁，叫他老头，因为他瘦，憨厚，老实，和蔼，古板，笨笨的，又不会偷懒。每每见到这个人，心坎上总会有一阵酸，像是心疼我远方的父亲。

　　自从看了朱自清的《背影》后，我在写文章时常常称老爸为父亲，此后便以为自己是个大人了，也多了份责任，而父亲一词本身也有了它的厚重感，亲情像是隔岸就可以望见的家，越念越深。我的父亲同那个杂工的老头是相像无几的，只是面色上显得年轻多了，除此外，也是很瘦，憨厚，老实，和蔼，古板，笨笨的，不会偷懒。我想说更多的是，父亲不会生活，从没听他说过想过一种怎样享受的生活；他也不会思考，也从没听他说过什么人生的大哲学。父亲脸上的肉不多，和这个扫地的杂工一样的瘦，笑起来像是一张折了皱的纸，生硬的，真诚。为这，我见了那个杂工的身影，心里总是酸的，他也常常对我生硬地笑，有时也口吃地要同我说些话，可是我听不懂，每次都尽量更生硬地去陪笑，好让他不感到尴尬，笑过后却有一种莫名的内疚，内疚自己怀着一颗真诚的心在欺骗。哦，我是在欺骗他，还是在欺骗我自己呢？

　　说不清为什么，总是以为他和父亲是一样的愚笨，好像什么都不懂，整个世界都与他们无关，比如他一天到晚都是扫地的身影，比如父亲一辈子都在地里恋着黄土，心酸处感到一种低低的悲哀。我多么喜爱我的生活，因为我知道我在追求什么，珍惜什么，得到什么又失去什么。为了以后有所回忆，每天的空闲里，我都刻意地安排现有的生活，哪怕是一丁点细微的敏感，可能都是以后生活的见证，见证这一生。可我拿什么来见证他们，那把扫帚？那头老黄牛？还是那皱纹越来越多的笑容？

秋来了，有些凉，我给家里打了电话，想知道院子里的葡萄树是不是快要剪藤子了，想知道房子后面那排白杨树的叶子是不是黄了，想知道门前池塘的水是不是越来越少了，想知道大清晨里路边青草上的露水会不会有些冰脚了。突然，我感觉我想知道的都可以作为他们的见证，见证这年月一点点地消逝，好心疼，像心疼这季节的变更。

每逢上下班，我都会见到那个扫地的身影，听不懂他的话意（他不太会讲普通话），我只能一个劲儿点头傻傻地笑。近来的好些天里，我又刻意地避开他的眼神和他的笑，绕过一个弯后，远远地看着那身影，那身影里好像藏着一种语言，日复一日地在讲些什么。

对我来说，那身影或许就是世上最美的语言了，此刻，我最清楚它讲的是什么。

2011.10

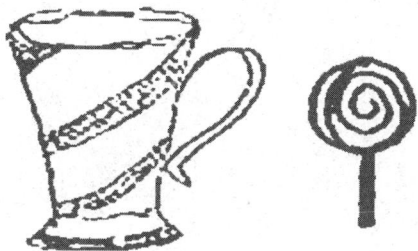

梦

　　所写的梦事，都是真实的。或许梦里的自己才是最真
实的，因为这，我也更加相信自己。

　　梦总归是梦，这梦外的真假，又只在醒来的一刻，分
得清楚。

等待的宿命却是一只流浪的蝴蝶。

记梦（一）

　　要是蝴蝶哭了，那它一定是孤独的，连影子都没有……

　　不停地去找寻，只是一条深深的巷子，是黎明吧，是黄昏吧，休息着一群酣睡的人们……

　　你说你爱上了这样静静的孤独，编织着一个又一个夜里的梦，全然都是无罪的，不经意睡着了一片深处。

　　繁花似锦，万头触动，早已不再是个安息的地方了，等待的宿命却是一只流浪的蝴蝶。缠绵中飘忽不定，似有似无的巷子，似有似无的鼾声，似有似无的梦，都静静地躺在床前橘黄色的帘子上。一个生灵怎么也找不到自己的影子……

　　早早地醒了，记下些梦，不知泪痕上，是否有蝴蝶踩过的足迹，只是，我看见蝴蝶，也曾暗自哭泣……

《岁寒》

岁寒催天老，人事近萧条。

横卧一兵子，贪睡沧桑桥。

2008.12.28 清晨

记梦（二）

都凌晨了，我还清醒着。想记下些什么，细细盘问自己，又述说不清，只觉思绪泛滥，难以自控。

很庆幸，我又活在另一个世界——梦境。

自从上周日晚，梦到独身去古希腊听哲学后，这几晚梦境的浪潮又时时催醒我在黎明的沙滩边。

我爱大海，梦见过穿白衣裙的女孩抱一大摞书，在海边叫我的名字，她的头发被海风吹乱了，很美，很动人；梦见过自己手持一本线装古书，胡哑地诵着，信步游临桃园，粉红色的桃花，一大朵一大朵的，可爱极了；梦到过自己如宝玉那般呆痴，读到了意境里一篇篇颇具哲理的诗赋，等乍醒来，忙翻身握笔，想留些证据，无奈梦里所记的大抵又忘却了，此时最是失意时，一人憨坐在床头，半晌不知所措……

这些天的所梦总是与文学相关，让我自己也感到很惊讶。好几天了，一直在追问自己：什么才算得上是真正的文学？文学价值何在？现在我所见的作家是在做"学文"还是在做"文学"？这几夜的扑朔迷离让我隐约感到，文学有一种潜在的使命感，文学有它自己独特的内在价值……

不知今晚的我能否再续前缘，在这嘈杂的世俗里，捡得几个平静的夜，安抚一下烦躁的心，掀起枕边小半帘子，偷窥数点儿星光月色，以让这梦境又给我吟诗作赋的题材。

待黎明将我从梦中唤醒，待我去分晓梦境的美。思绪泛滥，我要让自己清醒地睡进梦里……

2008.12.13　凌晨

记梦（三）

《无知》

折身又拾阶前花，奈枉昔日憎花甲？

不明白那各领文坛，学坛，政坛第一流的头面人物何以如此冷落！民国"元老"，前清"遗老"，落魄文人，还有以"保皇党"自居的康先生，说教了一辈子，谁料得晚年竟作客于膝下！

我好恨，恨不能亲临"你"眼前听"你"叹息，恨不能作一个旁观者去为"你"叹息。一个时代有一个时代的气息，而我，除却了这熟睡的梦，也只好追寻不属于那个时代的回忆，那枫叶掩盖下的辙迹，那吹不散的悲剧！

你霸一天之色独成一隅之风骚，你挟着褛褴问年老，你举世人所瞻垂思冥想间又扶杖自挽，难追陈迹。那以前，那以后，都只是一声叹息，我听到了，那是历史的声音，是无奈的呻吟，正夹杂在我手中泛黄的纸张里。

对于已经过去了的"你"，我真算得上是一个无知的人，在矛盾中找不到宣泄的堤口，痴痴地作践了自己。

一个观花人，弹指一挥间，花仍在，人已去。

顶着昨日的温暖，期盼来日的花季，你的历史在磨蹭间恍如流水，看不到的总是如此渺小。悄然而至中闲弄月光，夜阑人静时敲散灯花。一个人，若有所思，若有所知，知或不知，容他人去说吧，轻描淡写地勾勒，草草地画上几笔。

夜深，无睡意，信手翻翻，轻描淡写地勾勒，草草地画上几笔。

2008.11.17　夜

诗 言

不懂写诗，只好写出心中的感觉，这比写文章要难得多，想写出心里很灵性的东西，却是不容易。

以前想过日日夜夜与这些相处，现在更是坎坷了。很多很多的无奈，正一点一点地填补着，原本的空缺。

可睡去，可醒来，其实什么都没有，其实又很多。我常想，这些都是内在的，神秘的，难于发现。

我不是尘埃，尘埃有它的谎言。

悠 扬

裂纹，从脚下处延伸
像海水淹没了姓氏
山风偷渡了笛声
一个坟场
埋葬今生的情子
站在这片土地上
我喜欢面朝天堂的样子

在流浪，没有爱情的伤
也没有历史去记载
生命
一定朝着哪个方向
悠扬，灵魂深处的悠扬
我看得见远方
和山坡下的月光

远去的炊烟

所有已远去的背影，都是本该远去的
包括树木，村庄和人群
所有的云，都在没有方向地飞
只剩下、一种担心的美丽

我忘了春蚕、大雁、和弹弓一样的玩具
我忘了玻璃珠　纸飞机　迷藏和那些骗人的谜语
我以为我忘记的，我全记起
我曾留给你们的　都被偷去

城市的霓虹啊
是一家紧挨一家的灯火
还有多少人会提起
我们远去的、美丽的传说

滋养沉沦

你是我帘前的一朵花
有时在窗台上
有时在窗台下

花有魂，人有魂
有时我是过客
有时我是主人

帘子上的香气和清晨
小心地，把门反锁
滋养沉沦

这一刻与下一刻

这一刻好漫长，像一个丈夫在等待妻子的归来

这一刻好慌张，我打开酷狗，放你曾放过的音乐

这一刻我静不下心，把书散了一堆，杯子都要打破

这一刻我语无伦次，现在的世界，是不是两个人的事

今天的雨好大，看看时间，已过了黄昏。

现在的夜还不深，路上的行人，还是昨天的行人

可你怎么还不回来啊，我不愿说，你就装作不知

这是一脸怎样的样子

不要生气，相信吧！这只是偶尔才发生的事

又是一年好光景，春花秋意惹人愁

算不算一个普通的句子，或者一句诗

如果你，可以容下我的自恋
待下一刻，慌张逃过，互换心声

不是小说，等待的故事，没有续写的题材
眼神的虚荣，一下子暴露全无了
我不是尘埃，尘埃有它的谎言

悄然地
绕过擦肩消逝的美丽
绕向绝于现实的纯洁
一声晚安，等清晨的到来

落地花

你是从天上掉下来的　　　　自己长大了
却被尘世辗过　　　　　　　又逃不出这世界
与泥土粘在一起　　　　　　为何一定要逃出啊
连香气也没了　　　　　　　谁又给过什么交代
　　　　　　　　　　　　　突然
坐在窗口向外望　　　　　　我什么也不想做了
我是个行人　　　　　　　　只是等待
还有谁来疼爱　　　　　　　等待自己静静地死去
这个季节的变更　　　　　　在这花开之前

2011.4.29

天空里

木棉花的天空　　　　　　　木棉花没有叶子

只挂着几朵鲜红　　　　　　重重地砸在我心上

一朵开在童年的回忆里　　　是耀眼在天空下的颜色

一朵开在灰尘的路途

一朵开在我仰望的角度　　　木棉花的天空

一朵开在背后，和我牵着的手　是我的家

　　　　　　　　　　　　　我的家很远

木棉花的天空　　　　　　　抬头又可望见它

找不到一片落叶

2011.4.9

无脚鸟

不要拒绝这场幼稚的游戏

剪破了烟花

开在四月后的凄迷

任风抚慰哭泣的孩子

和无脚鸟的传奇

这边一颗星星那边一片沙子

全在音乐里放火

一步步接近

烧掉的焦距，怎么还有着

捧在手心的美丽

一个句号，让我把它拆成诗来读吧

从此不再考究

源自哪里

去过哪里

又会在哪里

2011.4.8

中　途

打碎的镜子　　　　　　这原有过的心安

呈现千百样的人　　　　打湿

身怀同一个面孔　　　　路人的眼睛

看着

路人的眼睛　　　　　　我从半途走来

　　　　　　　　　　　忘了昨日　黄昏的天气

冷酷到薄弱的人　　　　还有鸟叫

拿钢管翘着生命　　　　和背后的声音

2011.4.8

风前人

什么也看不见
只在风里画
我紧握拳头
等渡口漫过窗口
四处悬挂

时间扭曲到身前
道理还没有期限

距离短不了的
又是容颜

薄薄的一片
背向灰暗的
轮廓
也背向光明
渐行渐远

2011.3.28

相思的恨

我愿借一段空闲的时光

在下雨的大街上奔跑

我要杀死这片寂静和凄凉

从此后写完　给你所有的诗篇

在最想念的一刻

拿出来全部烧掉

我还要等黎明来验证

那千千万万个夜

你从不曾来过

这不是多余的

五百年

你不问不答

五百年

我从没畏惧过真与假

五百年

我只求一段

短短的时光

像剑一样锋利

直刺我的心脏

让我的血

倒流回我走过的路

冲掉我给你的

愚蠢的善良

五百年太长

我决定跪在这个夜里

祈望

祈望你能读懂这首诗

有悔恨的目光

我们回来吧

我想化作天使去找你
像雪花一样
在你身边飘呀飘

你会不会突然想起我
像突然记起萤火虫的飞舞
在农家池塘的水面上
映着点点光亮

白色的槐树花开着
妈妈说摘下它
与面掺着做好吃的饼子
树上有一个知了脱的壳

在太阳下晒得金黄

还有小溪岸的芦苇

还有透红的嘴唇

等我解开衣扣

捡起你吹乱的发丝

好了

我们回来吧

抛掉心事

落成葡萄树下的影子

夏季的夜空

好怀念夏季满夜星空的感觉

屋顶上倒映的天

像是一个水晶的世界

空灵的一切

在孩子的眼睛里显得格外清澈

那时我抱着老爹的脚睡

还咬他的大拇脚指头（吃脚蒜瓣儿）

没有一点味道

却逗得一家人哈哈笑

笑得像夜空里闪闪的明星

这个冬季，我有心散步

却见不到一颗星星

是孩子的眼睛混沉了

还是那个水晶的夜不见了

好怀念夏季满天星空的夜

好怀念孩子的眼睛

2010.11.30

透明的美丽

一定是这透明的美丽
化成了我一生所有可能的相遇
从梦境走出梦外，又从梦外逃进梦里
只为了
一层晾晒在记忆中
挥之不去的声影

我抱住了一整夜的漆黑
在相思的荒原上游荡
梦里梦外的情致
还有谁会在乎
她的路和方向

我怕这一天真的会来
我怕这又是没有黎明的夜
我怕醒来后又发现自己在哭
我怕这一切又挂在梦外

但愿我们都不要醒来
正如我们相爱时一样
从梦里到梦外
颓废中有美丽
美丽后有忧伤

2010.11.23

我的愿望

我想有一个大大的房子
至少可以容下几首我爱听的音乐
我还要窗台在向阳的地方
至少能让我的花
四季都会在那儿开
我要我的天空是低低的
喜欢时爬上屋顶　伸手就能触到
我还要它是弯弯的
至少要像月儿一样的洁

我想有一个晴朗的晌午
能让我在秋冬之间安静地睡去
我还想有一个满是风雨的日子

能让我在这一天，松解所有人的痛楚

我要花开的总是香气袭人

我也要酒再浓一些

我想一天我能醒来

也一定要醒来

醒来看到你们的脸

又是幸福的一天

2010.11.16

以前以为

以前以为

我的爱是天边的云

不远不近

以前以为

亡灵的人就会化作天上的星

不再孤零

以前以为

我的梦里有另一个世界

以前多么的坚定

以为我就是你

现在我回忆了

烛光下的泪珠和日记里的思念

现在我披上了外套
蔚蓝的天空和洁白的云裙
现在我每夜抬头看
满天闪闪的星星

我是在寻梦
我是在沉睡
我在画黑夜的眼睛

2010.11.14

自习回来

晚上我从自习楼出来
看见台阶处有女孩在哭
旁边还站着一个人
好像是她的男朋友

校园里双双对对的影子
时有时无
在昏黄的路灯下
显得格外幸福

也有像我这样的人
哼着歌
抱着书

2010.11.10

等　候

你一直都在等候
白天的微笑温暖着黑夜的孤守
开在我的梦中，和春夏秋冬

不是为了前世的五百次回眸
也没有这一生刻意地追求
只因我们同样的心地，你便舍去了所有

带上我的友善和真诚
原以为可以走得更远
在花香静谧的一刻，就选定了这温暖的季节
忘却了，白天和黑夜

这一生太短，这一刻却太长
如果湖水也有美丽的誓言
温柔还会不会一样
在我必经的路途，弯下腰
再轻轻碰碰你的脸庞

我也曾放下课本，怀疑过自己的天真
可你为什么要离开啊
徒留下花香，和一个无辜的眼神

你可否能悄悄地回来一次啊
就在某一个梦醒时分
不要让我有所察觉
再悄悄地带走，枕边留下的余温

喜欢这冷秋中的大太阳，像春天一样的真诚
路途中多了一朵花，等待有人把我摘去
当作最亲的爱人

2010.11.9

那不是爱情

这样的天气若再冷些多好啊

你听一丝丝的雨声　多亲切　是不是久违了的呢

这样的朋友若再近一些多好啊

我站在门口　多想念　眼里都想出了泪水

你说想抱抱我是吗

来吧　朋友

让我们以最亲的姿态相拥好吗

忘了那多情的年月，那青涩的年月啊

请忘了我对你的表白　朋友

请忘了我深情的表白好吗

你说你满眼全是泪水

朋友啊！我早已泣不成声了

让我们全合上眼好吗

再听我给你讲故事

我还想听见你咯咯地笑

骂我这么大了，还像个孩子

让我们一起唱歌好吗

唱《捉泥鳅》

那是小时候的记忆啊

满脸都涂的是泥巴

逗得村里大人全笑了

朋友啊　那不是爱情

你知不知道　花儿会谢

满院子的花香　散了一地

朋友啊　那不是爱情

今晚的夜多凉

有没有人提醒你要把被子盖紧

朋友啊　那不是爱情

请别把我忘记

你若愿意　我就会默默地离去

这样的夜若再静些多好啊
我就仿佛可以听见你的声音
这样的天气若再凉些多好啊
我们不谈心，独享安静

你说这安静就像一首曲子
我们爱听什么　它就可以弹出什么样的音符
我想这美丽的曲子便是你了
若是以往的时候，你又会低下头笑的
甜甜地，静静地

朋友　合上眼
听着曲子幻梦　好吗
静静地　静静地

2010.11.6

人生如戏

人生如戏，你入戏了几分
有没有用心去演呢，演技如何

人生如棋，你是哪颗棋子
有没有用心去下呢，棋艺如何

人生是一部小说，你刻画书里哪个角色
有没有切实写照呢，笔调如何

这一生，你渴盼过什么
为什么，又想留下些什么

天晴天也会阴，那不是你

云卷云亦舒，那不是你

枯叶一样的凄美

只是凄美了，你的感情

生活就是一个人的全部

全部，又落在一个点上

这样的日子若将空虚，那一定是错了方向

我已学会了告诉自己

记住或是忘记的，忧伤或是快乐的

愤懑或是欣慰的，现在的或将过去了

我们的生活

可以回首，可以瞻望

每天的每一分每一秒，用心了便是真诚

如一个母亲养育着她的每一个孩子

或思念　或呵护　或倾尽其一生

2010.11.4

这诗的格调

这诗的格调，比秋风还要凄冷

一阵一阵

是远去的友情，和一个远在的朋友

从此便要忘了

一个草原的约定，一个草原上的人

嘘……

心跳声、欢呼声、高歌声

这个世界在狂妄啊

你看，他们都在狂妄，在奔跑着

狂妄！狂妄

一个世界

约定在安静的草原上

这诗的格调，比寒冬还要凄冷
每读过一次
心都会紧紧地颤上一阵
是生活的逼迫，是内心的热诚
是一个不变的开始

我们还在草原上漫步
才刚刚喜欢这不归的路途
抱怨全是不必要的
只是，少了一份多余的谨慎

一望无际的恐慌
让美丽的人生，分不清方向
不是前生或今世
却每每约定在同一个时辰

蓝天下，白云里
一份深情　纯真
再读这诗歌
却分不清那个人

2010.11.1

爱才刚刚开始

你好像在做一件错事，这是非常失败的，为此我很不开心。

不要说为什么还要坚持，

这种错，一开始就是两个人的事。

我的爱，去了远方，我的心，还在原地游荡。

背负了这一程的伤，留我一人，在中途眺望。

如果风停了，云就迷了路，那我真的担心，担心有风的日子，云会懂得伤痛。

去留无意，早已是以前的事了。

以前的以前，风就知道现在的现在，因为她曾来过。

云不知，沉醉在风的轻抚中，轻轻地，轻轻地散了。

我，停在中途眺望

呼唤　呼唤

这不是错的坚持，好像爱才刚刚开始。

写在北京

乡之梦

留念着你的长发

留念着黄昏下你拉长的影子

留念你弯弯的嘴角

留念你透明的指甲　拨动蚕丝时　傻笑的样子

风吹斜了门前的那棵枣树

青黄的叶子　飘散了　捉迷藏的那间破屋

放我去把那童年的梦追寻

放我再去　亲吻那牧羊群的山沟

你说我是那山的孩子

你是青草的一粒种子

我爱窈窕的山姿

爱山涧溪水潺潺的歌声

我挽着你
挽着你跨过浅浅的小溪
多少次后　你回头的笑音
也随着那水　悄悄地　悄悄地远去

我爱的山　我爱的水　我爱的黄土地
你白茫茫的告白
渐渐走进了梦里
梦睡　梦醒
童年只在童年里

我爱的山　我爱的水　我爱的黄土地
我爱那丢了童年的梦
现在　还有没有　年轻的你

2010.4.15

流　浪

流浪远方静静的少女啊！

这里不再有花香

我站在断崖壁旁

却望不到那边的芳草

每一个梦中惊醒的一刻

每一个少女都有着你那般美的模样

静静的少女啊！

为何总是追求着远方

在我火热的内心深处

还浅埋着一份凄凉

你是那般静静地

静静地渴望

等我不想再飞的那天

或许会有了自由

有了释放

可那天

我们还在流浪

还在流浪

是我做了个梦

是忍心

一个人孤独地

走向灵魂的深处

是该

还给生命一个原本圣洁的初衷？！

海子和他的诗集在钢轨上沉睡了

醒来

是我做了个梦

回思的夜里

风又从门缝中挤了进来

穿过了雨的季节

这夜黑得可怕

还有这雨这风

芙蓉湖的池底

沉了一个透明的梦

身边有五彩的气泡在飞

飘到哪儿去

哪儿就有一个七色的彩虹

别问天为什么总是蓝的

别问云为什么总会散

你走得越近

她就越远

我还是高歌吧

不停地欢唱

像鱼儿一样的自由

像鸟儿一样的翱翔

五彩的泡七彩的虹

是一只美丽的蝴蝶在飞舞

寻那花丛中的梦

我便要去了

找一个刺骨的寒冬

让凛冽的北风

吹向我冰封的路途

我不怕

这夜　这雨　这风

2010.11

久违的你

昨天从路上捡回来的树叶
也枯了
留下香味一片黄色
路上散了好多的叶子
是刚落的

我看到镜子里有人长胡子了
我以为我老了
天色却越来越暗了

有人在不时地看我
像挤在一个角落里
我感到有双久违的眼神
在镜子里

秋色浓了
叶子枯了
镜子老了
我把门掩着

悲哀的黎明

这可怕的悲哀的黎明，全将黑夜杀死！

我紧握着一点烛光，记不清白天和黄昏！

黑夜在黑夜中来袭，黎明在黎明时滋长！

我游牧在悲哀之中，看见了一个世界，走过了一片天堂。

一个影子在黄昏里轻轻地斜长，好比一个人慢慢地老了。

是睡着还是醒了，或许，梦是在梦里了……

2010.8.30

写于北京

飞沙的海面

错不过的是一次相遇

淡淡地漫步来找你

石缝间　到处都藏着你的哭泣

埋藏了

往日相恋的旧情依依

记不清　什么时候又听到了你的声音

记不起　谁在背后客串着你的话语

我是个顽童

拨拉着水滴

满口袋里

塞着一路上的风景

海面上什么也没有

我把自己当成只风筝

一个人什么也不想求

看见漾沙上　浪花卷起了我随身携带着的影子

我只是个顽童

喜欢一路上的风景

对你的爱无边无际

才让飞天的黄沙　颗颗似饱含着深情

知道吗

我所流的泪都是这么壮阔

我所有的人都曾在此漂泊

知道吗

我所流的泪都是这么壮阔

我所有的人都曾在此漂泊

2009.2.16

让我安静地离去

把我杀了吧

你愿意的话

埋藏在你最悲愤的时刻

不要犹豫　刀剑是否锋利

每一片哭声都占据了我的呼吸

不要迟疑

天生的我就充当着感情的奴隶

也不会再有人怜惜

不会再有人痴谈着过去

静静地　让我去享受所有的愚蠢吧

我恨这个时代里傲慢的上帝

只充满着恨

只是一颗活着的心

把我也杀了吧
你愿意的话
埋藏在你最悲愤的时刻

埋藏在我渴望自由的地方
埋藏在爱的天堂

2009.2.19

今生发髻

我仰望星辰
想做夜空的儿子
我曾蹲在岸边
想做个温柔的女子
我不是讨厌现在的样子
只怀疑前世
是个王子?
还是哪个王国的妃子?

轻轻留候
你是夜里爱我的人啊

爱我的尊严
爱我的忠诚

今生的发髻
我不做你的王子
更不是他的妃子!

黑夜的孩儿
湖边的女子
我低头不语　又仰望星辰
该不该回去?　别却了今世

2009.3.13

我的人儿

我的人儿啊
为何要牵他的手
在我心里
你早躺了几个春秋

是我的人儿啊
为何要丢我在路口
那远去的背影
曾是我恋你时的梦

你是我的人儿啊
是我的你
紧关了心门
容你几个世纪
又奈何

结局后　弯弯曲曲

树老了

旧年

我失意时

依靠过的　一棵大树旁

又依偎着

另一个人

他走后

树爬满了皱纹

小　律

闲言碎语，写了几句，记下了。

我不是尘埃，尘埃有它的谎言。

巷　口

物我两境界，花落一随家。
天地亦苍茫，风起云无霞。

浮意生

氤氲生水中，微微波，碧海映残红；
沉思难浸韵律，小小人，恍然绝无；
天地似阔，云淡犹孤。

2011

虞美人（陌上疏灯）

陌上疏灯影自裁，却输人徘徊。
人自长在恨长有，年年芳华，何顾恋轻舟？

他日悄悄又瘦损，休管谁中恨。
真洒残花待梦残，此后春色月色两不择！

2012.2

念亲亲

几缕青纱似现，隐隐爱住人间，轻挑帘子无眠：
在否？在否？掩泪去，莫悲怨。
入梦三分思痕，哪记是年初春？一点胭脂沉沉。
呜咽，呜咽，怎生得，再姻缘！

2009.7.1

俟佳音

一酸辛苦都负谁？春风落尽水常青。
点点真洁逗莲子，守得轻舟俟佳音。

2009.6.10

.

春意所感

蓝田旧梦今在否？处处柳丝系春潭。
辞去青山一黛外，听由芭蕉滴雨穿。

2009.4.6

午后三人同游

二十年来未觉痴，却是酒醉把盅时。

夜夜遣心人语后，留个凉月渡枯枝。

2009.4.11

无人小径

天地无尽头，日月各春秋。三分颜色浅，七情户外流。

吾辈愧自许，檐下壁门疏。步步花前戏，遥遥谁识路？！

2009.2.7

梦里有你

梦与现实本来是两个世界，就在我醒来的那一瞬间，清醒变得模糊，划分了界限，如同一次简单的离别，几年过去了，再也没有见。多想幻境里的我们全是真的，只因为梦里有你……

梦里追梦寻春去，一片笑声一处情。

自是天涯别此后，万里江水共天明。

玉如白肤肌似婵，揽得湖心畏水软。

两对无望云销迹，偷梦一宿做情欢。

2009.1.12　清晨

题壁上镜中所见有感

梦散青云阁楼巅，颜色未销愁未眠。

秋来镜中不曾视，小山忽揽置榻前。

忆起昨夜三千里，魂飞不觉度翩翩。

我本仙人岂求世，可怜尘中四月天。

2008.12.16

自　嘲

青春不及小拭刀，
数尽沧桑枉自嘲。
静卧小楼婵娟夜，
维系人间是逍遥。

2008.12.2

夜　半

醒来推窗看尘世，
望月独怕楼高深。
几分傲骨随梦去，
可怜生是尘中人。

无　声

花本自凋零，何复系绿枝。
栖雀诉尘露，端闲叶无声。

2008.10.25

岁　寒

岁寒催天老，人事近萧条。
横卧一兵子，贪睡沧桑桥。

2008.12.28

觅

甚晚，余坐湖边，独嚼粼粼水光，惶惶若有声，念家，电话悬了许久，辗转无厘头，捻歪诗，罢。

冰心石上碎，孤欢悲自娱。
万家一灯火，徒增余路歧。

2008.11.1

随　安

假作真时真亦假，无为有时有还无。
可怜红楼一宿梦，泪落尘香人已疏。
月半窗前蜡昏帘，帘昏凄静月空闲。

忆水花下君不应，撵芯欲明烛更残。

2007.12.19

伊 人

伊人桥下度，三步两回头。娇柳垂青丝，抚动水涟漪；
绿春新入野，半里似苏杭。苏杭美不达，素作解梦妆；
疑思俊郎在，松下闲书生。痴痴知春尽，绵绵言难终。
数鸣逐花谢，尘香托叶归。折枝幽梦语，黄昏阁楼空；
书海半方鉴，情海两茫茫。悔自独伤春，伤春人彷徨！

2007.10.23　伊人　湖畔

雨 人

<table>
<tr><td>雨</td><td>雨人</td></tr>
<tr><td>愁灯枯相近，</td><td>雨人愁灯枯相近，</td></tr>
<tr><td>泪住藤院疏。</td><td>侧身泪住藤院疏。</td></tr>
<tr><td>冷冷不觉痴，</td><td>风欺冷冷不觉痴，</td></tr>
<tr><td>踽踽桑户钟。</td><td>月瘦踽踽桑户钟。</td></tr>
</table>

221

无 题

闲卧书床听心雨，

落得残红映水帘。

少不更事暇痴想，

苦思情断意缠绵。

2007.10.7

情未缘

天连山尽水似绝，暮残孤落人独走。

月醉香溢粼粼波，泪垂昏烛寂寂屋。

梦醒时分

梦蝶化飞飞梦见，啼鹃声啼啼无眠。

可怜日落凉席枕，几净斑驳几净残。

闻君思妇阁楼上，夜半惊坐月中天。

抚膺长叹人何在？斗转乾坤数百年。

2007.10.6

散　言

　　我记得以前看过这样一句话：很多时候，我们是为了以后有所回忆而刻意安排现在的生活。

　　这句话对我触动很大，也影响了我很久。

　　我写下这些句子，也只是为了记住现在的生活，为以后有所回忆找到证据。

　　因为很散，所以叫作散言。

我披上衣，又脱下衣，天都未明。你近了我，又远了我，却短不了距离。

散言一

　　我希望夜夜都是这样：睡着沙丘，数着星空，听着海声，
吹着风……2009.7.18

　　何时才能醒来啊？我定会悔恨这数月！何时我早已醒
来了，竟渐渐模糊了双眼……2009.7.16

　　昏睡了数月，辗转都是你的眼睛，今夜，我才慢慢记
起……2009.7.13

　　一天我走了，真不愿坟前会有哭泣，只想静静地，静
静地去听听这人间的声音……2009.6.13

　　枕香睡，落落落花英。情人终在外，春色数不清……
2009.6.5

星星啊！你为什么会哭泣？是不是夜间的花儿不太美丽？星星啊！为何你还提着灯？是不是花儿看不见你的心？ 2009.5.29

人淡淡何来西风，夜悄悄清还凄楚……2009.5.19

生活过得太懒惰，会觉得有愧；过得太平淡，会觉得内心缺少了些什么；过得太充实，又会觉得失去了什么，而如今为追求一席枕之安宁竟也成了件难事，细细度量着生活，有心者即莫过如此……2009.5.18

生活如水，时而雨打，时而风吹，如何的波澜壮阔，都掩不了内在的柔情……2009.5.13

我不相信人有前世或来生，但我一直觉得，人死后就会化作天上的一颗星星，被安置得一动不动，孤零零地看着人间的生死轮回……2009.5.11

欲把今生情抛却，独向长恨辗红尘……2009.5.8

自古觅愁寻佳处　衾晨妆　柳花瘦　美人更在黄昏后 2009.5.7

冷院寒窗纱不见　帘卷西风过人间　心隙闲　酌酒醉意处问天　云似愁　欲寄诸君托归雁　雁复归来不见君　夜夜难眠……2009.5.5

夜知月魂语，月痴人亦愁。又见泪光映水光，一泊将是何处？ 2009.4.30

姑娘啊！你的背后是一千年的凝望。我不忍心，扰动花朵上的露滴，只因你的美丽，远胜过你的漂亮。可是，姑娘啊！它竟将我火热的心灼伤……2009.4.23

在走向荒冢的路上，跟随你的，永远是你的影子和你那颗执著的心……2009.4.21

好似一个世界，好似一个人，幸运的是——你在看山，山在看云……

愁罢情意阁楼空，青山山外水长流……2009.4.8

只是些妙龄的女子，才懂得在这个年代里摇曳，等到一叶秋的时节，一切怕是来不及了……2009.3.31

一朝知春尽，可怜归路人……2009.3.30

秀野云烟隐我去，一夜春风踏青来。2009.3.22

曲径通幽处，平心归自然。2009.3.19

渴望结一程真挚的爱情，即便在相爱的路口，你我就定好分手的日期，若你愿意，我同你去；若你不悔，我一生相随……2009.3.3

我站在海边，吹着海风，忽想写你的名字在沙滩上，也就写了，可刚一转身，一个潮水涌来，字迹全部洗去，只丢下一个干干净净的沙滩，或许人生就是如此，如此恍惚……2009.3.2

若要我停止思想，那就等于停止了我的生命……2009.2.25

人痛不了花开时，断肠错断合几日？哎，茫然抽身乍作别，夜梦泪如血。2009.2.18

如果爱情真能如海浪那般壮阔，我情愿窒息，化作一粒沙，永存海底……2009.2.17

再回首，泪沙沙下流。昨日沉舟今日雨，舸舸未方休，满载愁！ 2009.1.24

曾经的你啊！为何还在我的门口徘徊？冬季的心花儿不开，是在等待思念的归来……2009.1.17

自困樊笼笑天痴，伤得几生几回时！我行我素不自由，浪得几世风流！ 2008.12.27

夜半掀起帘子，总有一小片星空映在枕边，颗颗似星灯提在你手里，颗颗是我爱你的眼睛。丁香的你，倚坐在我的心门口，说看到了人外桃花的颜色……2008.11.10

散言二

昨日爱醉烟雨楼，也无风波，杯杯盛千愁？今夜忽现烟雨后，泪痕尽处，亭亭深帘珠！

一个人要失踪多少天才算是情切切？一个人要找寻多少遍才算是意绵绵？！花解语？玉生香？都是良宵静日的散梦！

在这燥热的夏季，有些事悄悄地近了，可近了的，却不是秋天……

这样的夜，清明的只有一面池水，一曲二胡音，一泊半月影，和，一生吹了许久的风……

人生美于超脱……

红尘有路难相近，梦境无生偏相行。

残夜，残月，无心睡，还记那年何时，独爱西窗，冷雨凄风泪。似花，似玉，攀几枝？一路三千日月，难不相思，偏从梦里知！

思念的季节，一个人很容易哭，禁不住，生活总是有味道的，舒软的，像你笑时候的感觉……

不同树上的叶子，不同树上的花，只有在秋风飘落的一刻，它们才有机会走到一起……

世间情人实太浅，唯有醉意不曾浓！喝吧！他妈的，喝醉了，就好了，都走，都走！！醉意留人留不住，强颜弄色平添愁！愁去愁空愁何似？我本愁人愁还无！！！

敢与繁华求静世，唯独不愿在人间……

如果一个人睡下了就不再醒来，那将是多么的可爱。你永远读不懂他的心，他在盛着你的梦里乱猜。

散言三

总想把今生看透，然后坐对夕阳，不分春秋……揽天之阔，海之深，目无所不及，从一而终；欢言散，似依旧？自红尘淹没，不觉已身在东南。与谁共琴声（情深）？ 4.20

你总爱看着别人的日子，在心里画啊画，自己头顶上的天空，就偷偷地溜走了。信那样的话语，又读不懂那心事；穿不了那空间，便怀恨这时间在其中作了怪。真是莫名其妙啊，到后来你竟有了千万种的理由，而我慌着成了个囚徒，在这片虚无里乞求，乞求那一点点风尘，乞求那一点点感动。嗨，这多余的消受！ 5.9

突然呆滞起来，凝视在一个方向许久，是回忆一个场景？一个句子？还是回忆一首诗的美丽？脑海中划过你的

轻盈，如何隐隐藏藏，让人欲爱欲恨。早该这般，端坐在意象里，倒也好了……5.15

夜，静静地在窗口逗留着，风也好静，容不下一句惊人的怨语。我忽而走出门外，就蹲在那台阶上，欣赏这一切的美丽。轻轻地，就把情思系下了，系在今夜的尘埃里，我想我大概可以去熟睡，隐约中，又听到了花开的声音。5.16

困在一种若相思的美丽，午后或黄昏之前，安逸或闲适就显得过于从容了。一幅画，一首曲子，都足以让人静静地躺着，不消品说，不消吟唱，不消一丁点儿的装饰。我想这种美是多可怜的，与相爱或别离，你总有一丝寂寞的香气。迟疑算不上借口，亦非真心。5.17

这一年花还未谢，我却在慢慢地剥落花瓣，像剥落一片片愁思，终会有一个结果。一天赏花人都苍老了，花儿又正艳，不言不语，相顾相怜。叹息那一年的一个夜里，爱在今晚的这个时间。5.18

关了音乐，合上书，那声音就在耳边，仿佛其人。远一日，近一日，回忆就缠住了这个时辰，猜测这个时辰。而那谢幕后的花霜，从此失掉了香气，那情那景，也只好留在臆想里。是臆想，是回忆？思念多一日，再多一日，我想我也会分不清的。5.19

谁愿意去静坐，听那空旷中的声音，时而站站，时而停停，风很轻；谁愿意丢下一朵花，淡了它的香气，等你睡下，等我归去；回眸中，从白炽的路灯下，走进苍茫的夜色里，算不上一个决定。5.22

我坐在门口，回望屋里陈列的东西，突然感觉过了好久，从儿时到现在，记忆如同陈列一样，一直那样安放着，好些年都没有动过了。我是个极怀旧又极爱幻想的人，所以每日每夜的生活感觉像是精心安排的，舒心又显得格外自然。好多个时间里，我仿佛看到自己老了，也更加和蔼可亲了。好爱这样的自己。5.23

绕过一个又一个美丽，去寻找人生的终点，灵魂就趁机在缝隙间飘散了，等待光明到来。寻找总是有力度的，比等待多了一个方向。无需挑剔和回避，好比在这漆黑的夜里，听自己的声音，有时壮美，有时凄美。5.26

走过一个短暂的岁月，在一段短暂的相处后，我开始重新触摸生活的细节。至今我都还记得你的样子，记得你的声音，记得我是如何的迷失。一层一层的思绪，在日日夜夜的如梦幻影后，思念变得更加遥不可及。而结束又被预先安放在我们必经的路途，一段美好的时光，随着一场电影的谢幕，回忆的花絮就显得格外入目了。5.28

夜来香，寂寞在徘徊中死亡。你关上了门，关上帘子，关上窗，忽然想起一个美丽的句子，无形中，又开始惆怅。犹如一个站在海边呐喊的青年，真的有灵魂贵族吗？一定有很多人也这样单身着，只为今生追求一点永恒的高尚，就相信有一个精神的天堂，那是灵魂的贵族，还是模糊的信仰？ 5.30

你说你很孤独，如果把孤独放在一起，会不会好些呢？我喝一半忧愁，剩下的一半会被留下，由你慢慢品尝。去欣赏好吗？酒后的人生是糊涂的！ 6.2

这音乐背后的故事，应该是我幻想的影子。你轻轻地走来，在我的夜里不忍熟睡，怎么没有了胭脂味，怎么没有了旋律美。我披上衣，又脱下衣，天都未明。你近了我，

又远了我，却短不了距离。6.4

　　这些年来，发生了太多的事，内心却一点没变，自以为聪明，也只是顾作聪明；自以为太动情，只是永远狠不下心；自以为大爱，到头来还是伤害了一些人；自以为看透了很多东西，忽然明白那些只不过是昨天和今天的区别；自以为敏感，不小心又把自己隐藏了；自以为做得真实，又常常挂心睡；这些年来好多都没有见过，不曾想过，可一遇到就忘不了了，断不掉了，总等夜里安静了，再回想，再回想，再回想。6.6

　　这想念从哪里飘来？又要朝哪个方向飘去？因为太爱，固执地想握更牢；因为太爱，又怕一握紧就会逃掉。以为一瞬间热度就是这一生的拥有，而此刻不能相拥的煎熬，比无尽的黑夜还要漫长，只好静静地期待，期待她好梦后，轻轻地醒来。再也不敢想得太多，一颗心全被占据了。害怕和寂寞深深地笼罩着我，人虽在白天，却如黑夜一样地来来回回，困意难眠。戏魅人生，在一夜间不分。空空的一个尽头，似在远方，又似在眼前。不愿意闭上双眼，逼得泪水在打转。一个人的世界为何变得黑暗，两个人的那份空间，小小的，相拥几多难。等你醒来，让我轻轻地

拥着，再多一晚。6.9

　　只有几个人知道的事情，只有我纠缠不清，而这只是一小部分，数不尽的来来回回，在记忆里淌下多少个脚印！同样的心思，却不是同样的细腻，留得空对水镜月花，你作幻影，我为诗题！6.11

　　慢慢走下去，在一个海岸，在一个无关风雨的日子，我远望，我开心，我祈祷，我祝福。我想留起长长的头发，厚厚的胡须，我想奔跑，累了就停停。其实我好喜欢那样的世界，就算一路上没有人群，我也会一样的欢快，一样地说服自己。6.15

散言四

门前有路人走过，而后有几声狗叫，而后平静。
2012.10.17

生命脆弱的时候，是一片烈日烤焦的叶子，很久以前的某个时候，它就落下在某个路边、某个草堆或某个人家的屋顶上，它没有被小女孩儿夹在书里，它没那么幸运，它易碎，很多人知道它曾长在树上，后来便忘记了。
2012.10.17

终究是鸟语花香，如林间水波，连接在清晨和夜晚的光景，透过人心。2012.10.18

思念没有重量，有时比梦还轻，轻到云雾里，一生就

折去了许多。2012.10.19

　　生命给了我片刻的慌张，我在深思，我又在失望。一样一样的悲调，在远古的尽头，重复着白天与夜相似的相换，才使现在的所有都这般贴近。2012.10.20

　　眼神一步步地接近，一个人的世界宽广了，一个人的世界渺小了，这本是男人和女人的爱情。2012.10.21

　　人生好漫长，又好短暂，何苦迷失一时，无论是感情，还是生活，或是以后的事业。追求自己喜爱的，我们不缺乏感知与灵气，而是眼界太宽。2012.10.25

　　陌上花，而今的这个时节，又值开放。只因一次偶然的散步，你便记住了，所以我便来寻。

　　夜，深黑的透明，一定是这思念，缠住了人心；我若会飞，决不吝啬这里的风景，带一朵半开的睡花，在你枕前，等天晓来。那时的清晨，我，你，还有那醒来的花，一定都好美，好美。

我如拂晓，拂晓在黑夜的尾音，大梦后，我迎来光明。我如黄昏，黄昏在天之暮色，黑夜来临，我如何睡去。

每次打开一扇门，都能看到一首诗，我以为他们都是诗人；意境华美的诗句里横着两行字：窗子外面的灵魂、窗子里面的人。

绵绵的思念，像一颗爆米花般的云，没有根，没有家，飘散了。一次分手，像是一次离婚，像一次死亡，情感的死亡。爱情也坚强，生无恨，殇不殇。

你在洁白的上空，我却躲在一个悲哀的角落，我不是乞者，我害怕爱情的来临。

世上的美丽都曾搁在我记忆的深处，你离开后，她长成一棵大树，我生在树下，幸福而孤独。

我恋上一个人，全因他有心于人间。在黑夜里索思，仍由灵魂自我地蔓延，只求片刻地停留，停留在，你一念之间稍纵即逝的末梢，而那些你偶尔还能记起的日子，都有另一个人正在夜里一遍一遍地重复着。

后　记

我爱我的生活

慢慢走下去，在一个海岸，在一个无关风雨的日子，我远望，我开心，我祈祷，我祝福。

我想留起长长的头发，厚厚的胡须，我想奔跑，累了就停停。

其实我好喜欢那样的世界，就算一路上没有人群，我也会一样的欢快，一样地说服自己。